EVEREST

AYŞE KULİN

ESERLER

1. *Güneşe Dön Yüzünü (Öykü)*
2. *Bir Tatlı Huzur (Biyografi)*
3. *Foto Sabah Resimleri (Öykü)*
4. *Adı: Aylin (Biyografik Roman)*
5. *Geniş Zamanlar (Öykü)*
6. *Sevdalinka (Roman)*
7. *Füreya (Biyografik Roman)*
8. *Köprü (Roman)*
9. *İçimde Kızıl Bir Gül Gibi (Deneme)*
10. *Babama (Şiir)*
11. *Nefes Nefese (Roman)*
12. *Kardelenler (Araştırma)*
13. *Gece Sesleri (Roman)*
14. *Bir Gün (Roman)*
15. *Bir Varmış Bir Yokmuş (Öykü)*
16. *Veda (Anı-Roman), Veda (Çizgi Roman)*
17. *Sit Nene'nin Masalları (Çocuk Kitabı)*
18. *Umut (Anı-Roman)*
19. *Taş Duvar Açık Pencere (Derleme)*
20. *Türkan-Tek ve Tek Başına (Anı-Roman)*
21. *Hayat-Dürbünümde Kırk Sene (Anı-Roman)*
22. *Hüzün-Dürbünümde Kırk Sene (Anı-Roman)*
23. *Gizli Anların Yolcusu (Roman)*
24. *Saklı Şiirler (Şiir)*
25. *Sessiz Öyküler (Öykü Derlemesi)*
26. *Bora'nın Kitabı (Roman)*
27. *Dönüş (Roman)*
28. *Hayal (Anı-Roman)*
29. *Handan (Roman)*
30. *Tutsak Güneş (Roman)*
31. *Kanadı Kırık Kuşlar (Roman)*
32. *Kördüğüm (Roman)*
33. *Son (Roman)*
34. *Her Yerde Kan Var (Roman)*
35. *Hazan (Anı-Roman)*
36. *Taksiii (Anı)*
37. *Doğdum. Kızdım (Öykü)*
38. *Yarın Yok (Roman)*

AYŞE KULİN

Dört Gün Üç Gece

§

Yayın No **2545**
Türkçe Edebiyat **1057**

Dört Gün Üç Gece
Ayşe Kulin

Editör: Mehmet Murat Somer
Kapak Tasarımı: Everest Grafik
Sayfa Tasarımı: Simge Sunar
Düzeltmen: Beyza Ertem, Cansu Canseven

1-35. Basım: Mayıs 2024

ISBN 978-625-369-201-8
Sertifika No: 43949

Baskı ve Cilt: Melisa Matbaacılık
Matbaa Sertifika No: 45099
Çiftehavuzlar Yolu Acar Sanayi Sitesi No: 8
Bayrampaşa/İstanbul
Tel: (0212) 674 97 23 Faks: (0212) 674 97 29

EVEREST YAYINLARI
Ticarethane Sokak No: 15 Cağaloğlu/İSTANBUL
Tel: (0212) 513 34 20-21 Faks: (0212) 512 33 76
e-posta: info@everestyayinlari.com
www.everestyayinlari.com
www.twitter.com/everestkitap
www.facebook.com/everestyayinlari
www.instagram.com/everestyayinlari

Dört Gün Üç Gece

SEVDA

25 Mayıs 1960

Sevda, Balık Pazarı'ndaki alışverişini bitirip Taksim'e yaklaşırken duymaya başladığı uğultunun nedenini meydana vardığında, Anıt'ın çevresinde birikmiş kalabalığı görünce çözdü ama vitrininin kepengini telaşla indirmekte olan gözlükçüye yine de sorma ihtiyacını hissetti.

"Neler oluyor, Allah aşkına?"

Adam özetleyerek anlattı. Ellerinde bayraklar ve Atatürk'ün resimleriyle Anıt'ın önünde toplanan gençler, şimdi de sloganlar atarak Taksim Parkı'nın önünden akıp Harbiye'ye yürüyorlarmış. İhtiyaten kapatıyormuş dükkânını. İşler çığırından çıkmadan siz de hemen evinize dönün, bu yürüyüşler tekin değildir, diyerek uyarmayı da ihmal etmedi Sevda'yı.

Demek nisan sonlarında Ankara'da başlayan öğrenci nümayişleri İstanbul'a da sıçramıştı.

Sevda, olacağı buydu, diye düşündü ve kocasının şu anda yurt dışında olmasına şükretti. İktidardaki partinin milletvekili olmasına rağmen partisiyle görüşleri giderek ayrışan Sedat, iktisat komisyonunun başkanı olarak üstlendiği görevi yerine getirmek üzere yurt dışındaydı ve yarın hayırlısıyla, görevini başarıyla tamamlamış olarak yurda döndüğünde hemen istifasını verecekti. Söz vermişti karısına.

Kalabalığa bulaşmamaya çalışarak hızlı adımlarla meydanı geçen Sevda, yürüyüşü dağıtmaya gelen tankların gürültüsünü duyunca Taksim Parkı'na daldı. Gençler sözlerini OLUR MU BÖYLE OLUR MU, KARDEŞ KARDEŞİ VURUR MU/ KAHROLASI DİKTATÖRLER/ BU VATAN SİZE KALIR MI diye değiştirdikleri Plevne Marşı'nı bir ağızdan söyleyerek Harbiye'ye doğru ilerlerken, güzel havadan istifade etmek için çocuklarını parka gezmeye çıkarmış annelerle emekli yaşlılar da gençlere bir ağızdan eşlik etmekteydiler. Farkına bile varmadan onlara katıldığı anda, marşa sirenler ve polis düdükleri karıştı, Sevda sustu ve kimseler onu gördü mü gibisinden etrafına bakındı.

6-7 Eylül Olayları sırasında üniversiteler henüz açılmadığı için kocasıyla birlikte Ankara'ya dönmemişti, annesiyle babasının Taksim'deki evlerinde kalıyordu, yani o korkunç talanın tam da göbeğinde... O günden beri böyle toplumsal protestolardan ödü patlardı ama bu yürüyüşün o ayaklanmayla hiç ilgisi yoktu. Yürüyenler, mağazaları yağmaya çıkmış ipini koparanlar değil, sadece kızlı oğlanlı öğrencilerdi; etrafa ve kimseye zarar vermeden, sözlerini değiştirdikleri türküyü tekrar ede ede yürüyorlardı ve aralarına katılanlar giderek çoğalıyordu...

Ta ki polisler yürüyüşe müdahale edip direnenleri coplamaya başlayıncaya kadar.

Sevda caddede değil, parkta olduğuna şükretti ama az sonra parkın sonuna varınca mecburen yine caddeye indi. Caddede çift yönden gelen araçlarından inen polisler, şimdi de gençleri ve dağılan göstericilerden yakalayabildiklerini yaka paça kendilerine ait minibüslere tıkıştırıyordu.

Balık Pazarı'ndan beri taşıdığı file iyice ağırlaştığı için yürümekte zorlanan Sevda, can havliyle yol üstündeki apartmanlara kaçışanlara katılıp üç beş kişiyle birlikte önündeki ilk apartmana daldı. Apartmanın holü daha önceden sığınmış olanlarla zaten tıklım tıkıştı ve binanın kapıcısı içeridekileri dışarı çıkaramadığından, daha fazla insanın içeri girmesine mâni olmak için kapıyı kilitlemeye çalışıyordu. Sevda'ya hafakanlar bastı. Evi uzak sayılmazdı, burada hapis kalmaktansa sokağın tehlikesini göze alıp kapı kilitlenmeden dışarı fırladı. Sağa sola koşuşanların arasında evine varmaya çalışırken filesini düşürdü. Elmalar, limonlar kaldırıma yuvarlanınca çömeldi, elindeki diğer iki kesekâğıdını yere bırakıp meyvelerini toplamaya çalışırken insanlar yerde duran kese kâğıtlarındaki balıklarla enginarları ezip geçtiler. Ertesi gün yurt dışından gelecek olan kocasına hazırlayacağı sofranın, elleriyle seçtiği taptaze balıklarıyla sebzeleri ayaklar altındaydı. Ağzından fırlayan küfre şaşırarak doğrulurken kimse duydu mu diye etrafına bakındı ama herkes kendi derdineydi. Kalabalığa karışıp Harbiye istikametine doğru ilerledi ve... Oh... Nihayet kendi apartmanının önündeydi. Dış kapıyı zorladı, açamadı. Belli ki kapıcı Mehmet Efendi de kendi apartmanının kapısını içeriden sürgülemişti. Kapıcı ziline parmağını hiç kaldırmadan basarken diğer eliyle de buzlu cama defalarca vurdu. Sonunda buzlu camın gerisinde Mehmet Efendi'nin sureti göründü, kapıyı azıcık aralayarak Sevda'yı içeri soktuktan sonra yine hemen sürgüledi kapıyı. Holde ikisinden başka kimse yoktu.

"Kilitlemeseydin keşke," dedi Sevda, "polis önüne geleni copluyor, zavallı insanlar, şiddetten kaçmak için apartmanlara sığınıyorlar."

"Haklısınız ama içeri gireceklerin arasında hırlısı var hırsızı var, öyle değil mi efendim?" dedi Mehmet Efendi, "Bu gözler neler gördü!"

"Bu seferkiler o çapulculardan değil," dedi, kapıcının 6-7 Eylül talanını kastettiğini anlayan Sevda, "bunlar sadece hürriyet isteyen öğrenciler."

"Şımarık gençler işte!" dedi Mehmet Efendi ve yukarıda kalmış asansörü çağırmak için düğmesine basıp, "Neleri eksik ki durmadan azıyorlar böyle," diye homurdanarak kendi katına inmek üzere merdivenlere yöneldi.

Asansör gelince Sevda kendini içeri attı ama kabinin ışığı yanmadı. Tembel herif, diye geçirdi içinden, ona buna şımarık diyeceğine ampulü değiştirseydi ya! Sabah ikaz etmişti asansörün ampulü yanmıyor diye, belli ki hiç oralı olmamış.

Katının düğmesine basmak için uzanırken ayağı yerdeki torbamsı bir şeye takılınca bir çığlık attı. Aaa, kımıldadı torba! Gülümsedi, giriş katındaki kiracının asansörsever iri köpeği olmalıydı bu ama aksi gibi asansör de hareket halindeydi. Ancak ikinci kata varıp gözleri karanlığa alışınca seçebildi köşeye büzülenin köpek değil, bir insan olduğunu. Kadın mı, erkek mi belli değildi, yerde dertop olmuş, başını kollarının arasına gömmüştü.

"Ne yapıyorsunuz orada... Pardon... İyi misiniz?" diye sordu. Yanıt alamadı.

"Burada oturan birine mi geldiniz? Adını söyleyin de hangi kattaysa ben yardımcı olayım."

Yine konuşmadı asansördeki yabancı. Asansör üçüncü katta durdu, Sevda dışarı çıkıp merdivenlerin ışığını yaktı ve ancak o solgun ışığın kirli aydınlığında anlayabildi durumu.

"Aman Tanrım, yaralısın ama sen... Siz... Polislerden mi kaçtınız yoksa?" diye sordu.

Yerdeki toparlanıp ayağa kalkacağına, uzandı büzüldüğü yere.

"Yok, yok! Sakın bayılma asansörün içinde," dedi Sevda, yaralının yanına diz çökerken.

Şimdi görüyordu artık, genç bir adamdı bu, büyük ihtimalle protesto yürüyüşüne katılmıştı ve kollarıyla saklamaya çalıştığı yüzü kan içindeydi.

"Dışarıdaki yürüyüşten mi... Şey... Polis mi dövdü seni... sizi?"

Genç, başını evet anlamında salladı.

"Öğrenci misin... iz?" Yine başıyla evet işareti...

"Ayağa kalkabilecek misin?"

"Midem bulanıyor, başım dönüyor," dedi genç, zor duyulur bir sesle.

"Mutlaka hastaneye gitmelisin. Beyin kanaması olabilir."

Başını şiddetle, hayır anlamında salladı bu kez.

"Adın ne?" diye sordu Sevda.

"Yusuf."

Merdivenlerin ışığı kendiliğinden sönünce Sevda çıkıp tekrar bastı düğmeye ve asansöre geri döndü.

“Yusuf, ayağa kalkmaya çalış... Gir benim koluma... Ha gayret, bir iki üç... Haydi!”

Sevda ağırlığını yüklenerek sürüklediği genci asansörün dışına çıkarınca, çantasında anahtarını aramak için duvara yaslandı. Oğlan iki büklüm oldu yine. Sevda’nın yardımıyla eve girince de hemen yere çöktü. Bitkindi, gömleği de yüzü gibi kanlıydı. Bir an için kapıcıyı çağırmayı düşündü ama hemen vazgeçti Sevda. Gençlerden pek hoşlanmayan Mehmet Efendi azıcık da paranoyaktı, şimdi gereksiz telaş yapar, polisi aramaya bile kalkışabilirdi.

“Sana yardım edeceğim, ha gayret kalk, bir yere otur da yüzündeki kanı sileyim, bakalım yaran derin mi?” dedi Sevda, Yusuf’un sol kolunu omzuna attırırken. Ayağa kalkarken yine inledi çocuk. Sevda bulundukları holün karşısındaki koridora yönlendirdi Yusuf’u, sağ taraftaki ilk kapıyı ayağıyla iterek açıp içeri soktu, divanın üzerinde duran yastıkları yere atıp oğlanı divana yatırdı, başının altına yerdeki yastıklardan birini koydu ve aceleyle ilk yardım malzemelerini almak üzere ecza dolabının bulunduğu banyoya koştu. Dolaptan oksijen ile tentürdiyot şişelerini ve pamuk alıp odaya döndü. Pamuğa bol oksijen dökerek oğlanın alnındaki kanı sildi. Kaşının üzerinde derin bir yarık vardı.

“Tentürdiyot sürmek istemiyorum çünkü bu yara derin, bence illa dikiş ister,” dedi, “sen kendini toparlayınca buraya en yakın hastaneye gidip bir dikiş attır bu yaraya, yoksa kolay kolay kapanmaz.”

“Birazdan... Başımın dönmesi geçince giderim. Size çok zahmet verdim zaten.”

"Ben senin yerinde olsam bir an önce giderdim, midenin bulanması iyiye alamet değil."

Yanıtlamadı Yusuf. Besbelli ya yakalanmaktan çekiniyordu ya da hastaneye verecek parası yoktu.

"Sıraselviler'de İlk Yardım Hastanesi var. Devlet hastanesidir, ödeme yapman da gerekmez..."

Genç, gözlerini yummuş, ya uyur gibi yapıyordu ya da gerçekten dalmıştı.

"Tamam, sen dinlenmene bak, kendini iyi hissedince gidersin," dedi Sevda.

Kapıyı usulca çekip çıktı odadan, salona geçti. Geniş kanepenin yanındaki sehpada duran siyah telefonun ahizesini kulağına dayadı, yurt dışı santralin numarasını çevirdi, uzunca bir süre sabırla bekledi ve nihayet, "İsviçre'nin Cenevre şehrine bir telefon yazdırmak istiyorum," diyebildi. Karşı tarafı dinledikten sonra, "Saatlerce bekleneceğini elbette biliyorum hanımefendi ama benim telefon bağlatmak istediğim kişi Ticaret Bakanlığı tarafından görevlendirilmiş, devlet hizmetinde bir milletvekili," dedi, "adı Prof. Sedat Azak, numarasını veriyorum..." Söyledi numarayı, "Ben eşiyim, bizim saatimizle tam yirmi birde, yani akşam dokuzda bağlanabilir miyim?" diye sordu. Yine karşı tarafı dinledikten sonra, "Daha önce olmasın lütfen, Sedat Bey kaldığı otele bizim saatimizle akşam dokuzdan önce dönemiyor. Dün de aramıştım, dokuzdan önce bağlandığım için odası yanıt vermedi, ben de hakkımı kaybettiğimden yeniden yazdırmak zorunda kaldım... Yok, hayır, şikâyet filan etmiyorum, sadece durumu anlatıyorum... Bakın, size bu sefer önceden haber veriyorum ki doğru zamanda bağlanabileyim... Kendi numaramı veriyorum şimdi... Lütfen eşimin oda numarasını da yazın ki hemen bağlasınlar, 124 numaralı oda... Evet, lütfen... Çok teşekkür ederim," dedi.

Bir telefon bağlantısı için gereğinden uzun süren konuşma bittiğinde, Sevda yorgun düşmüştü. Öldürecek beni bu santral memureleri, diye geçirdi içinden, ya konuşacağım kişi milletvekili diye anında bağlıyorlar telefonu, boş otel odasında çalıp duruyor ya da kendi nöbetleri bittiğinde, görevi devralana yeterli bilgiyi vermiyorlar. Kaç kere gelmişti başına aynı olay, o bu uçta sinir olurken Sedat da karısı onu niye aramıyor diye üzülmüştü herhalde yaban ellerde. Bari bu gece vaktinde bağlasalardı.

Telefonu kapatıp, çalışma odasında yatan gence bakmaya gitti. Yusuf derin bir uykuya dalmıştı. Elini usulca alnına değdirince ateş gibi yandığını fark etti oğlanın. Telaşa kapıldı.

Adının Yusuf olduğu dışında hakkında hiçbir şey bilmediği delikanlıya Allah korusun bir hal olursa, derdini kime anlatırdı acaba? Senin evinde ne işi vardı, diye sormazlar mıydı? Yine yapmıştı işte, kocasının hep şikâyet edip durduğu *Sevdalığını*; hiç düşünmeden, suçlu mu, suçsuz mu, hırlı mı, hırsız mı bilmeden almıştı evine elin adamını.

"Hişşşt, Yusuf... Yusuf, oğlum... Uyuyor musun?"

Dürttü oğlanı, Yusuf uyanacağına uykusunda inledi. Sevda banyoya koşup ecza dolabını karıştırdı, ateşini ölçmek için dereceyi buldu, odaya dönüp cam dereceyi dilinin altına sokmaya çalıştı ama hemen vazgeçti. Derece ağzında kırılır da oğlan cıvayı yutacak olursa hem o hem Sevda, Allah korusun, birlikte yutarlardı hapı! Başına olmadık belalar açılırdı. Yusuf'un elini kendi eline alarak dereceyi avucunda sıktırdı ve ateşinin otuz dokuza doğru yükseldiğini görünce tekrar banyoya koşup soğuk suyla ıslattığı iki havluyu oğlanın alnına ve boynuna sardı, sonra da telefona koşturup doktor olan kuzeninin numarasını çevirdi. Ne olursun evde ol, Selçuk, diye dua etti içinden, yalvarırım yanıtla beni. Duası tutmuştu, telefonu Selçuk açtı.

"Selçuk, çok zor durumdayım, bana yardım etmelisin! Ne işin varsa bırak, hemen yanıma gel," diye yalvardı telefonda. Sevda ile Selçuk, birlikte büyümüş, aralarından su sızmayan kardeş çocuklarıydı.

"Hayrola, kuzin? Ne oldu? Bugünki protesto yürüyüşüne katılıp yaralandım, deme bana sakın!"

"Yok... Ama başka bir şey oldu."

"Ne oldu? Tutuklandın mı?"

"Dalga geçmenin sırası değil! Ben... Yürüyüşe filan katılmadım ama katılan bir gence yardım ettim."

"İyi etmişsin."

"Şu anda evimde... Yaralı ve çok ateşi var. Ölmez, değil mi Selçuk?"

"Ne diyorsun sen kuzum, evine mi aldın tanımadığın herifi?"

"Şey... Ben onu bizim asansörde buldum, coplanırken kaşı patlamış... Benim evin asansörüne saklanmıştı. Bayağı derin bir yarası ve yüksek ateşi var, midesi de bulanıyormuş. Beyin kanaması olabilir diye endişe ettim."

"Sana mı düştü hastabakıcılık oynamak! Madem yaralıydı, hastaneye götüreydin!"

"Dedim ya, asansöre saklanmıştı, perişan haldeydi. Acıdım, yardım etmek istedim."

"Bilirim bayılırsın yardım etmeye de evine niye aldın? Apartmanın içinde biraz bekletseydin, polisler çekilince gideydi."

"Yarı baygındı... Her neyse, şu anda içeride inleyerek yatıyor ve çok ateşli. Elini ayağını öpeyim, gel bir gör. Belki bir ateş düşürücü verirsin... Penisilin iğnesi yaparsın..."

"Ha, bana ne yapacağımı da öğretiyorsun, iğnecibaşı seni! Çocukken de böyleydin, ne zaman doktorculuk oynasak, sen hep iğneci olmak isterdin. Erkek olsan, kalçaya zaafın var, diyeceğim de..."

"Selçuk, Allah aşkına, dalga geçmenin zamanı değil, burada ateşler içinde yanan yaralı bir genç var, kötü bir şey olmadan ya hemen kalk gel ya da gelmeyeceğini söyle, ben başımın çaresine bakayım."

"Çantamı toplayıp hemen geliyorum, başımın belası," dedi Selçuk, "şansın varmış, dün nöbette olduğum için evimde buldun beni."

Sevda, eve girdiğinde hangi tarafa savurduğunu hatırlamadığı çantasıyla ceketini bulup etrafı toparlarken yeniden çaldı telefon. Kuzeninin içeride yatan oğlana dair bir şey sormayı unuttuğunu zannettiği için, "Evet Selçuk, söyle," diye açtı telefonu ve "Aaa! Sen miydin Şermin," diye devam etti.

"Hay Allah! Selçuk'la konuşuyorken telefon kesiliverdi. O geri arıyor zannettim, canım. Kusura bakma."

"Şu yakışıklı kuzeninle mi konuşuyordun? Selçuk boşanmak üzere değil miydi? Boşanabildi mi bari?"

"Yok, bir şans daha vermek istediler evliliklerine."

"Madem anlaşamıyorlar, ne gerek var? Çoluk çocuk da yok."

Sevda arkadaşının patavatsızlığına tepki vermemek için yutkundu, sonra "Olur mu hiç, onca yıllık beraberlik..." derken Şermin lafını kesti arkadaşının. "Fikir değiştirirse haberim olsun." Ve hemen ekledi: "Bugün yine kıyamet koptu ayol, millet sokaklara dökülmüş, Taksim Meydanı ana baba günüymüş."

"Bilmez miyim, ben de tesadüfen tam ortasına düştüm protestocuların," dedi Sevda ve o hengâmede Balık Pazarı'nda doldurduğu filesini düşürüp nasıl ezdirdiğini anlatmadı. Bir an önce kapatmak istiyordu telefonu.

"Sedat ne zaman dönüyor?" diye sordu arkadaşı.

"Bu akşam dönecekti ama işini bitirememiş... Gelişi yarına kaldı."

"Aman ne yapacak gelip, buranın hali malum... Oturşun Cenevre'de, keyfine baksın."

Şermin'in gevezeliği üstündeydi, lafı bitmiyordu bir türlü. Sevda da suçluların endişesi içinde, sanki arkadaşı içeride yatan genci telefonda görebilirmiş gibi, bir an önce kapatmak istiyor, kısa yanıtlar veriyordu.

"Neyin var senin?" diye sordu Şermin.

"Söyledim ya, o itiş kakışın içinde kaldım, telaşlandım, korktum."

"Gel bende kal kocan gelene kadar. Hacer de yok zaten. O da köyüne gidecek zamanı buldu. Keşke izin vermeseydin gitmesine."

"Olur mu hiç! Kadının babası vefat etti, cenazesine gitmese miydi? Sedat kalmayacak ki, annesini ziyaret edip hemen Ankara'ya gidecek."

"Birlikte döneydiniz keşke."

"Ben annemin kırkının dolmasını bekliyorum. Bir hafta sonra duasını okutup ben de döneceğim, o yüzden izin verdim zaten Hacer'e. Bilirsin, onların cenaze sonrası duaları hiç bitmez, yedisiydi, kırkıydı... Hazır gitmişken istediği kadar kalsın, ben nasılsa burada olmayacağım."

"Kim yardım edecek sana mevlitte? Hacer bari o ara burada olaydı, sonra dönerdi yine."

"Kolay mı Sinop'un Gerze'sinden gelip birkaç gün sonra geri dönmek! Ben zaten Teşvikiye Camii'nde okutacağım mevlidi, evde değil."

"Aaa! İkram nasıl olacak?"

Lahavle çekip, "Mevlit şekerlerini ve limonatayı Kıyık Pastanesi'nden alacağım. Helvayı da Selçuk'un evinde kavuracağız," dedi, "biliyorsun Selçuk'la Sevim Narmanlı Apartmanı'nda oturuyorlar, caminin hemen karşısında."

"Neredeyse yirmi beş yıldır annenin yanındaydı da Hacer, herhalde isterdi helvasını çevirmek."

"İlahi Şermin, Hacer onu bu kadar düşündüğünü bilse, beni bırakır sana gelirdi valla. Annemle onun babasının kırkları karıştı, babasının helvasını kavururken annemin de ruhuna okur, üfler, meraklanma sen," dedi Sevda ve bu saçma sohbeti sonlandırmak için bahane ararken kapı çalınca, telaşla, "Kapı çalıyor, kapıcı sipariş almaya gelmiştir, ben daha sonra ararım seni, güle güle canım," diyerek kapattı telefonu. Arkadaşının "Bu saatte ne siparişi, Allah aşkına!" dediğini duymadı.

Kapıya koştu, açmadan önce kapının üzerindeki minik dürbünden kimin geldiğine baktı. Özel camın yüzünden kafası kavanoz gibi uzamış, bacakları yer cücesi gibi kısalmış, elinde

Sevda'nın, adını Selçuk'un Sihirli Kutusu taktığı doktor çantasıyla kapıda dikilen kuzenini görünce gülmeye başladı. Açtı kapıyı.

"Hayrola, yüzünde güller açıyor, oğlan çok mu yakışıklı? Hem sen neredesin yahu! Çaldım durdum zili, az daha dönüyordum," diye sitem etti Selçuk.

"Abartma! Telefondaydım ama hemen kapattım."

"Sedat'la mı konuşuyordun? O bugün dönmüyor muydu?"

Sevda, "Sedat'la değil, Şermin'le konuşuyordum," demeye üşendi.

"İki kere erteledi dönüşünü, güya yarın gelecek ama yine gelmezse hiç şaşırmam," dedi.

"Şimdi Paris'te, değil mi o? Ben olsam ben de dönmezdim kolay kolay!"

"Paris'te değil, ayrıca Allah'a şükür benim kocam senin gibi de değil. Sedat aradığını bulamadığı için dönemiyor bir türlü. Bu durumdaki ülkeye kim kredi verir ki!"

"Faizi yüksek tutanlar verir," dedi Selçuk, salona yürüyüp kanepenin ucuna ilişirken, "şu işe bak yahu, döndük dolaştık Osmanlı'nın son günlerine döndük. Borç gırtlakta, hükümet para peşinde, haliyle faizler de yüksek. Bu hale düşeceğimiz kimin aklına gelirdi. Neyse... Sen nereye sakladın haydudunu?"

"Anladık şakacısın ama bunun şakası bile hoş değil!" dedi Sevda, "Duyan da gerçekten haydut sakladım sanacak."

"Vallahi kimseye söylemem. Yakışıklı haydut aramızda kalacak."

"Bak, hâlâ konuşuyor! Yapma böyle, beni pişman etme seni çağırdığıma."

"Hem kel hem fodul."

"Tamam, Selçuk! Yardımın senin olsun, ben kendim halledерim. İki aspirin içirir, yollarım uyanınca."
"Ha, bir de pışpışlayıp uyuttun mu? Ninni de söyleseydin bari!"
Sevda, cevap vermeden koridora doğru yürüdü.
"Kızma be, şaka yaptık," dedi, elinde çantasıyla peşinden giden kuzeni.
"Şaka yapma, bu bir; sakın kimseye söyleme, bu da iki."
"Emrin olur, ablam ama sen de biraz gevşe yahu, bu da üç!" dedi Selçuk.
"Ablammış! Sekiz aylık bir fark beni ablan mı yapıyor! Ağzını alıştırma böyle kötü laflara."
Odaya girdiler.
Selçuk divanda uyuyakalmış gencin alnına elini koydu, Sevda'ya dönüp, "Furno!" dedi.
"Ne demek o? Kötü bir şey mi?"
"Fırın, fırın! Yanıyor bu çocuk."
"Tanrım! Ölür mü?"
"Ölmez. Şimdi ben ona bir penisilin iğnesi vururum, düşer ateşi. Kaşının üzeri de... Ne olmuş böyle ya?"
Eğildi, iyice inceledi yarayı.
"Fena patlatmış kaşını! Oksijenle mi temizledin sen bunu?"
"Evet."
"Plaster var mı evde?"
"Nasıl bir şey o?"
"Anlaşıldı, yok! Kocana söyle de bir eczaneye girip birkaç kutu plaster, yani gazlı bezi olan yapışkan yara bandı alıp getirsin. Bulunsun evde. Boks maçı yaparsanız lazım olur."
"Boks maçı yapmayız biz."

"Sedat evinde bir genç adam bulunca tenis maçı yapmaz herhalde."

"O genç adam, Sedat gelmeden önce gitmiş olacak. Birkaç saat sonra ateşi düşünce, haydi yallah! Burası hastane değil, can havliyle sığındığı bir ev!"

"Şu çantayı uzatsana," dedi Selçuk, "belki içinden bir plaster çıkar."

"Buyur bakalım sihirli çantanı."

Sevda'nın uzattığı çantayı karıştırdı, "Hokus pokus! İşte buldum!"

"Ay bu muydu?"

Elindeki ince banda biraz küçümseyerek bakan kuzinine, "Buydu efendim!" dedi Selçuk, "Sinek küçüktür ama mide bulandırır, bu da küçüktür ama bir kaş kurtarabilir. Gel seyret de gör nasıl kurtarır... Ama ben önce ellerimi yıkamalıyım."

"Hazır tuvalete girmişken çişini de yap, ne olur ne olmaz." dedi Sevda.

"Hiç unutmuyorsun, değil mi?"

"Unutur muyum! Beyim cerrahtır ama kan görmeye dayanamaz, hayatın cilvesi işte!"

"Kanla ilgisi yok, o ağaca tırmanmaya seni ben zorladığım için, başıma geleceklerden korkmuştum."

Kuzeni ellerini yıkamaya banyoya giderken Sevda, yedi sekiz yaşlarında bahçede oynarlarken, onun ısrarıyla tırmandığı kiraz ağacının en tepesinden düştüğünde, kan içindeki yüzünü görünce Selçuk'un korkudan donuna işediği anı hatırlayıp gülümsedi. Sonra, divanda inleyen Yusuf'a eğilip endişeyle yarasını inceledi. Bu akşam kendine gelemezse... Yani çıkıp gidemezse neler olacaktı acaba? Yarın eve dönmesini beklediği kocasına nasıl anlatacaktı soyadını bile bilmediği kişinin bu evdeki varlığını.

Selçuk geri gelmişti.

"Adı ne bu arkadaşın?" diye sordu.

"Yusuf."

"O kadar mı? Soyadı yok mu?"

"Telaştan sormak aklıma gelmedi."

"Yusuf kardeş... Huu! Yusuf Bey kardeşim..." Sesini yükseltti Selçuk, "YUSUF... YUSUF!"

Yusuf gözlerini araladı.

"Ben doktorum, Yusuf. Şimdi ateşini düşürmek için bir iğne yapacağım kalçana ama önce şu patlamış kaşını halledeyim. Biraz acıyabilir, sık dişini, sakın bağırayım deme çünkü nezih bir muhitteyiz."

"Gevezelik etmeden yap işini," dedi Sevda.

"Sen de üzerine düşeni yap. Önce bana bir makas getir."

"Makas?"

"Evet efendim, bildiğimiz makas, tırnak veya dikiş makası olabilir ama bahçe makası olmasın. Önce şu keman kaşlara kıyıp..."

"Gevezelik yapma dedim ya!" Sevda yatak odasına koşup makası getirdi.

Selçuk yaranın olduğu yerdeki kaş kıllarını maharetle seyreltti, oksijenle temizledi, sonra "Ben haydi deyince plasteri kaşın üzerine sıkıca yapıştıracaksın," diye emir verdi. Sevda kuzeninin cıvıklıktan bir anda ciddiyete kayışındaki hıza şaşırarak, "Tamam, anladım," dedi, âdeta saygıyla.

Yarayı temizledikten sonra Selçuk iki eliyle sımsıkı birleştirdi yarılan kaşı.

"Haydi!"

Sevda plasteri yapıştırdı. Kuzeni plasterin üzerini gazlı bezle kapatırken, "Ben de yurt dışından çok özel bir şey ısmarladığını zannettim. Bunun battal boyu vardı evde, sana incecik keserdim," diye mırıldandı.

Yanıtlamadı Selçuk, işiyle meşguldü. Yarayla işini bitirince, "Bu bandın altında incecik gazlı bez var," dedi, "bandın yaranın üzerine yapışıp kalmasını önlüyor, medeni ülkelerde bulunuyor. Bizim eczanelerde bulamazsın."

Sevda'nın içinden, ukala herif, git o zaman yurt dışında çalış, demek geçti ama tuttu kendini.

Köprüyü geçene kadar ayıya dayı demeyi de Selçuk öğretmişti ona.

Selçuk, oğlana döndü.

"Yusuf, sıra iğneye geldi ama önce iğneni kaynatalım."

Çantasından çıkardığı metal kapaklı küçük kutuyu Sevda'ya uzattı.

"Şu iğneyle şırıngayı kaynatıver mutfakta, haydi güzelim," dedi. Sevda kutuyu alıp çıktı.

"E, söyle bakalım Yusuf kardeş, niye yedin bu dayakları, kimsin, kimlerdensin, nümayiş yapan öğrencilerden misin?"

"Tesadüfen oradaydım."

"Tesadüfen?"

Yusuf yanıtlayacağına inledi, "Sırtım acıyor... Çok..."

"Acır elbette. Tekmelendin mi, coplandın mı?"

"Her ikisi de..."

"Kötü tesadüf!" dedi Selçuk.

Sevda bir tepsiye koyduğu metal kutuyla geri geldi. Tepsiyi odadaki masaya bıraktı.

"Yan yatacaksın, arkadaş," dedi Selçuk, "haydi bir gayret... Kıpırdamıyor bu yahu! Sevda, yardım et de Yusuf'u yan çevirelim."

Sevda yardıma hazırlanırken Yusuf inleyerek kendi gayretiyle yan döndü. Selçuk şırıngayı hazırlarken Sevda da oğlanın kaba etini görmemek için arkasını döndü ama salondaki telefon çalmaya başlamıştı. Sedat arıyordur diye aceleyle koşup açtı. Arayan kocası değil, Ayla'ydı. Sevda'dan yarınki briçe her zamankinden bir saat erken gelmesini, gelirken de Tilla Pastanesi'nden limonlu kek getirmesini istiyordu.

"Hay Allah, aksiliğe bak, ben de seni arayacaktım, yarın gelemiyorum, Ayla."

"Madem yemeğe yetişemiyorsun, sen yine saat ikide gel. Pastayı zaten çayda vermek için istiyorum."

"Ayla'm, hastalandım ben, her tarafım kırılıyor, grip oldum herhalde," diye yalan söyledi Sevda, arkadaşına. Yusuf'un ateşi düşmez de gidişi yarına sarkarsa evini neyin nesi, kimin fesi olduğunu bilmediği birine bırakamazdı.

"Kareyi bozmak olmadı ama! Önceden bildireydin ya!"

"Sabah kalktığımda bir şeyim yoktu. Hatta alışverişe gittim Beyoğlu'na. Öğleden sonra bir titreme geldi..." Lafını bitiremedi, Selçuk içeriden sesleniyor, bir şeyler istiyordu.

"Kim var orada? Sedat mı döndü?" diye sordu Ayla.

"Yok, Sedat yarın akşam saatlerinde ancak varır eve. Selçuk'a telefon ettim gelsin de bana bir ilaç yazsın diye, o burada şimdi. Sedat dönmeden önce ateşim düşsün istiyorum."

"Ha! Gerçekten hastasın sen."

"Ateşim var, dedim ya canım, niye yalan söyleyeyim ki?"

"Kaç?"

"Ne?"

“Ateşin işte!”

“Son baktığımda otuz yedi dokuzdu. Önlem almazsam gece daha da çıkar diye çağırdım zaten Selçuk'u.”

“Geçmiş olsun. O halde ben bir dördüncü bulayım.”

“Kusura bakma Ayla, hastalık ben geliyorum diye haber vermiyor. Beyza'yı arasana.”

“Denerim de niye son dakika haber verdin, der. Neyse, tekrar geçmiş olsun Sevda, kareyi tamamlayınca için rahat etsin diye ararım seni.”

“Bugün hiç arama beni. Selçuk ateş dürücü verdi, hemen bir ıhlamur içip yatacağım. Dün gece de burnum tıkalıydı diye uyuyamadım, yorgunum çok. Yarın konuşalım.”

“Yarına kadar toparlanırsan katılırsın bize belki.”

“Yok, bana güvenme sen, masanı tamamla. Ayrıca nezlem de size bulaşmasın.”

Sevda, Ayla'yla konuşurken Selçuk girdi salona.

“Kaçakla işimiz bittiğine göre şimdi sen bana bir içki ver, laflayalım,” dedi.

Sevda eliyle sus işareti yaptı kuzenine.

“Ayla, Selçuk gidiyor da... Yolcu edeyim onu... Tamam canım, konuşuruz sonra.”

“Aylaaa, seni uzun zamandır görmedim, fıstık mısın hâlâ?” diye seslendi Selçuk.

Ayla'nın yanıtını beklemeden kapattı telefonu Sevda.

“Selçuk, rahat dur! Arkadaşlarıma sarma, ayrıca çocuğa da kaçak deme Allah aşkına, neyin nesi olduğunu bilmiyoruz ki belki oradan tesadüfen geçerken, yanlışlıkla dövüldü. Her neyse, çay suyu koymuştum, çay içmez misin?” diye sordu

“Çay normal hastaların vizitesi, kaçakların vizitesini ancak viski kurtarır!”

"Bu saatte?"

"Ne varmış saatte, Amerikalıların *happy hour*'una* az kaldı."

"Bu evde *happy hour* değil, çay saati kullanılıyor, ayrıca bu ev Ankara'da da değil ki Amerikalı komşuma Amerikan Pazarı'ndan bir şişe viski aldırtıvereyim. Ama uslu durursan, akşam konuştuğumuzda söylerim Sedat'a, sana bir şişe viski getirsin."

"Bir şişe de kendi evi için alsın. Kız sen neredeyse altı aydır burada kalıyorsun, hâlâ içki düzenini kuramadın mı?"

"Hayır çünkü annemin kırkı haftaya doluyor, mevlidini okutur okutmaz Ankara'ya döneceğim."

"Mükemmel evlat! Hiç gocunmadan kalktın geldin, aylarca anacığına baktın, yetmedi, ölüm sonrası vazifelerini de ihmal etmiyorsun."

Sevda, ciddi mi konuşuyor, yoksa dalga mı geçiyor emin olamadığı için kuzenini yanıtlamadan mutfağa gitti, çaydanlığa su koyup kaynamaya bıraktı ve salona döndüğünde kanepede oturan Selçuk'un yanına ilişti.

"Bak Selçuk, bu söyleyeceğim şey de lütfen aramızda kalsın..."

"Aramızda kalacaklar giderek birikiyor madem, bana bir şişe de konyak mı getirse Sedat?"

"Sen bir on dakikacık bile ciddi olamaz mısın? Dertleşmek istiyorum seninle be!"

"Pardon güzelim, dinliyorum seni. Bak safi kulak kesildim."

Sanki odada duvarlardan başka duyacak biri varmış gibi, sesini alçaltıp, "Sedat, döner dönmez istifasını verecek," dedi Sevda, "yola çıkmadan önce söz verdi bana."

---

* Öğleden sonra veya akşamüstü, rahatlayıp içki içmek için yapılan küçük buluşma.

"Batan gemiyi terk! Ne ayıp! A, ama öyle mahzun bakma, vallahi şaka şaka!"

"Elbette şaka çünkü en iyi sen bilirsin benim başından beri Sedat'ın siyasete bulaşmasını hiç istemediğimi! Kendi de gönüllü değildi ama amcası partinin kurucularından biriydi ya, aklını çeldi işte. Israr da ısrar! Neymiş, yeni bir nefes lazımmış memlekete, yeni bir bakış açısı, bir yaklaşım gerekiyormuş, yeni kurulan bu partiye katılmak önemli bir vatan hizmetiymiş, şuymuş, buymuş! Ben zamanında çok karşı çıktım, gençleri eğitmek de vatan hizmeti değil miydi yani? Babasını yeni kaybetmişti Sedat, kıramadı amcasını."

"Bilmez miyim; ısrarcıdır Refik Bey."

"Hem de nasıl ısrarcı! Yoksa ne işi vardı üniversite hocasının siyasette?"

Sevda, kuzeninin yüzündeki ifadeyi görünce, "Kocan siyasetin ona göre olmadığını anladı madem, bunca zaman niye bekledi diyeceksin, değil mi?" diye sordu.

"Hayır, zararın neresinden dönülse kârdır, diyeceğim. Niye bunca zaman bekledi sorusunun yanıtı açık, milletvekili olmanın avantajlarından vazgeçmek, bıçak kemiğe dayanmadan kolay değildir. Bildim mi?"

"Bilemedin! Bu hükümet iktidara geldiğinde önce tüm gücünü iktisadi kalkınmaya verdi ya, işte bu tam da Sedat'ın alanıydı. Kocamın başında bulunduğu ekibin çalışması sayesinde karayolları yapımı hızlandı, ulaşılamayan köylere ulaşıldı, tarım makineleşti, köylünün eli para tuttu..."

Selçuk lafını kesti Sevda'nın.

"Sen bana Demokrat Parti güzellemesi mi yapmaktasın, Sedat güzellemesi mi?"

"Lafımı kesmeseydin, Sedat'ın kendi partisine niye küstüğünü anlatacaktım ama dinleyen kim!"

"Laga luga yapmadan, kestirmeden git o zaman! Niye istifa etmek için bunca yıl bekledi kocan? Çünkü ben de çok iyi hatırlıyorum, ta en başında Halkevleri'ni kapattıklarında, halkın aydınlanmasına darbe vuruldu diye kızan da orta eğitimdeki kültür sistemi değiştirilince Amerikalılaşıyoruz diye hayıflanan da oydu. Niye istifa etmedi?"

"Bunlar istifa sebebi mi Allah aşkına, Selçuk! Sedat 6-7 Eylül fiyaskosunda dahi düşünmedi istifayı çünkü yanan gemiyi önce fareler terk eder, kaptanlar son ana kadar kurtarmaya çalışır!"

"Vay be! Aslan kaptan!"

Sevda kuzenini duymazdan gelip kocasını korumaya devam etti.

"Nitekim Sedat'ın alanı olan ekonomik kalkınma, almış başını giderken, kocam da arı gibi çalışıp çok başarılı işler yaparken, bazı şeylerden hoşnut değil diye istifa etmeyi doğru bulmadı. Sabırla sıranın fikrî aydınlanmaya gelmesini bekliyordu ki..."

Sevda'nın yine lafını kesti Selçuk.

"Güzelim, devlet idaresi sofraya yemek sunmaya benzemez; önce çorba, arkadan etli pilav, sonra zeytinyağlı ve tatlı gelir gibi olmaz bu işler. Ekonomide ilerleme gösterdiler, doğrudur, oysa gelişme her alanda ve aynı anda kendini göstermeliydi de... Heyhat! Sıra o fikrî aydınlanmaya bir türlü gelemediği için kırsaldaki adamın cebine para girdi fakat kafasına bilgi giremedi. Sadece cebi doldurmakla olmuyor kalkınma. Bilgiyle beslenemeyene paradan fayda gelmez!" Bu kez Sevda, Selçuk'un lafın kesti.

"Selçuk, sen her zaman yaptığın gibi, dinlemiyor, sadece konuşuyorsun. Madem sesine ve fikirlerine hayran bir megalomansın, kendin konuş, kendin dinle! Ben mutfağa geçiyorum, su kaynamıştır, çayı demleyeceğim."

"Tipik kadın davranışı. Haksız olduğunu görünce çay demlemeye koş! Asıl sen hep yaptığın gibi bana yükleniyorsun ama bak, ben itiraf ediyorum işte! Ben 6-7 Eylül Olayları sırasında uyandım! Dâhiyane bir fikir sanarak başlattığı *Yunan'ı Protesto Müsameresi*'ni böylesine yüzüne gözüne bulaştıran hükümetten yarar gelmeyeceğini, o hadiseyle anlamış olum. Neymiş? Hatamı kabul edermişim, tamam mı kuzin?"

"O 'müsamere' dediğin işin arkasında bilmediğin şeyler var. Ayrıca herkesin eşref saati değişik demek ki! Sedat'ın bu partiden sıdkı ne zaman sıyrıldı biliyor musun, Adnan Menderes üniversitelerle uğraşmaya başladığı zaman! Hatırlıyor musun, İstanbul Üniversitesi hocalarından Prof. Kubalı'ya bir ay derse girmeme cezası verilmişti. İstifayı gerçekten ciddi olarak işte o zaman düşündü Sedat."

"Ne dedin sen demin? 6-7 Eylül maskaralığının arkasındaki bilmediğim şey nedir?"

"Boş ver!"

"Madem başladın, çıkar ağzındaki baklayı."

"Israr etme, Selçuk... Belki ben yanılıyorumdur."

"Ben de bir şeyler duymuştum da... Söyle haydi, aramızda kalacak."

Sevda kocasını zor duruma düşürebilecek bir sözü ağzından kaçırdığına pişman olmuştu.

"Ay valla öylesine söyledim."

"Ben de öylesine soruvereyim, doğruysa elma de, yanlışsa armut!"

"Aramızda kalacak bak!"

"Elbette. Şimdi soruyorum, Menderes Amerika'dan yeniden borç alamayınca, Rusya'ya gitmeyi planlıyordu ya bazı ticaret anlaşmaları yapmak için, Rusya ile flört etmeye niyetlenen Başbakan'a, nümayiş çıkarma işlerinde maruf Amerika bir gözdağı vermeyi denemiş. Elma mı, armut mu?

"Şeftali."

"Anladım ben! Bir başka soru, madem kocan profesörlere yapılanları hazmedemiyordu niye istifa etmedi?"

"Bırakmadılar ki! Özellikle de ekibindekiler, başladıkları iş sonuçlanana kadar kalması için çok ısrar ettiler."

"Kabul etmeseydi keşke."

"Sedat işte! Her yaptığı işi hem düzgün yapacak hem sonlandıracak! Hatası siyasete girmesiydi, milletvekili olması daha da büyük hataydı ama dönüşünde her manada bitirecek bu işi."

"Gidişat onu gösteriyor ki bitecek olan sadece senin kocanın milletvekilliği olmayacak.

"A, sen bir şey mi biliyorsun?"

"Olanlar hepimizin gözü önünde oluyor, Sevda. İşlerin uzun süre böyle gitmeyeceği belli."

"Sen kesin bir şey biliyorsun! Allah aşkına söyle ne biliyorsan, bak yemin verdim."

"Yahu ne bileceğim ben, müneccim miyim? Senden fazla bildiğim sadece şu, 27 Nisan'da Tıp Talebe Cemiyeti'nin genel kurul toplantısı vardı. Sizlerin gözünden kaçmıştır, ben hekim olduğum için biliyorum, o gün gazetelerde Güney Kore'deki üniversitelerde öğrencilerden bazılarının özgürlük direnişi yaparken polis kurşunlarıyla öldüğü haberi çıkmıştı. Bizim çocuklar, Güney Kore'de hayatlarını kaybeden öğrencilere bir başsağlığı telgrafı çekmek için önerge hazırlamıştı. Bu önerge kürsüde okutulunca Menderes'in polisi Yamanoğlu yerinden fırlayıp kürsüye koştu..."

"Bumin Yamanoğlu... Şu öğrencilerin boks eldiveni hediye ettikleri polis, değil mi?"

"Ta kendisi! Her neyse, kürsüye boşuna koştu çünkü çocuklar önergeyi o gelene kadar yırtıp parça pinçik ettiler. Eline geçireydi, önergede imzası olanlara kim bilir neler yapacaktı. Bu fırsatı kaçıran boksör fıttırdı. Gaz bombalı polislerine öğrencileri coplattı, tekmeletti, bir kısmını da Emniyet Müdürlüğüne götürtüp saatlerce dayak attırdı. İşler bu minvalde devam ederse erken seçime gidilir derim ben."

"Senin bu anlattıklarının benzerleri Ankara'da olmuş. Ben o günlerde buradaydım, şahit olmadım ama Sedat anlattı bana olanları."

"Ben bizzat bir öğrencimden duydum; gençler o kadar bilenmişler ki ertesi akşam geç saatlerde talebe yurtlarını teker teker dolaşıp bir protesto gösterisi için arkadaşlarına haber iletmişler."

"Tıp öğrencileri mi?"

"Sadece onlar değil, diğer fakülteler de. Yurt müdürlerine duyurmadan, çok dikkatli davranarak gece vakti yurtların yarısından çoğunu dolaşmışlar. Ertesi gün çeşitli fakültelerden katılım oldu. Vallahi, aferin çocuklara, örgütlenmede bir numaralar."

"E, sonra?"

"Nasıl bilmezsin! O sırada sen annene bakmak için izinliydin ama gazete de mi okumadın yahu!"

"Bu hadiseler olurken ben ne haliniz varsa görün kafasındaydım çünkü bu olaylar anneciğimin çok ağırlaştığı zamana denk geldi. Hastanede yatıp kalkıyor, ecelle cebelleşiyordum. Babamı da yeni kaybetmiştim zaten, vallahi radyo dinlemek bile gelmiyordu içimden. Sedat da beni telaşlandırmamak için anlatmadı zahir."

"Tahkikat komisyonunu da duymadım, deme!"

"Yok artık! Onu sağır sultan bile duydu."

"İçeriğini biliyor musun? Komisyon üyelerinin hepsi sadece Demokrat Partili olacak ve kendilerine karşı bir tehlikeyi bırak gördüklerinde, sezdiklerinde, dikkat et bu söze, *sezdiklerinde* bu komisyon hemen araştırmaya başlayacak ve üç ay içinde soruşturmaları bitirecekmiş..."

Bir şeyler söylemeye davranan kuzenini, eliyle işaret ederek susturdu Selçuk.

"İşte o komisyon ne derse, o olacakmış! Alınan kararların eleştirilmesi bile yasak! Kısacası sezgilere dayanarak beğenmedikleri yayınları yasaklayacaklar; basımevlerini, yayınevlerini, gazeteleri kapatabilecekler ve itiraz etmeye kalkanlara ağır cezalar verecekler... E, artık bu durumda dahi istifa etmese, pes derdim Sedat'a!"

"Aslında ne zamandır edecekti... Yani etmeliydi de... Zararın neresinden dönülse kârdır! Neye kızıyorum biliyor musun, bu komisyonu kuran partinin adı da, şaka gibi, Demokrat Parti!

Oysa ne umutlarla ve kıymetli insanların katkılarıyla kurulmuş bir partiydi, mebus eşi olarak birçoğuyla tanışma fırsatı buldum ben. Aralarında çok iyi tahsil görmüş, yol yordam bilen, ahlaklı ve dürüst kişiler vardı. Uçurabilirlerdi ülkeyi ama gel gör ki en tepedeki o iki karar verici kimseyi dinlemiyor."

"Halk Partisi çok *halkçıydı* da sanki! Coğrafyamızın kaderi böyle kuzin, tepede padişah da otursa, Cumhuriyet de gelse demokrasiden yana nasibi yok!"

"Diyorum ki haydi Celal Bayar işgali yaşamış, asker yönetmiş; sırtında Kurtuluş Savaşı'nın Batı Cephesi Komutanlığı var, otoriterliği o yüzdendir ama ya diğeri..." Selçuk atıldı.

"Diğeri hiç savaş görmemiş, el bebek gül bebek büyütülmüş, çiftlik çubuk sahibi ağa çocuğu, onun da sırtında Terzi İzzet'in diktiği ceketler var."

"Kabahat seninle ciddi konuşmaya kalkanda, cıvık sen de!"

"Hemen ciddileşerek devam ediyorum; üstelik üniversiteyi de bitirmiş ama huy işte! Azametli ve kibirli olmak fıtratında varken, bir de o uçak kazası var ya, o uçak kazası! Mucizevi kurtuluşu yüzünden kendini Allah'ın seçilmiş kulu zannetmeye başladı."

"E biraz hakkı var ama! Hangi fani uçaktan düşerken armut gibi asılı kalır bir ağacın dalına?"

"Henüz eceli gelmeyenler."

"Henüz eceli gelmeyenlerin girdiği zor bir ameliyat başarılı geçer, savaşta kurşun kulağının tam dibinden geçer gider, deniz kazasında kafasına cankurtaran simidi düşer ama düşen uçaktan bir ağacın dalına bir tek o asılı kalırsa belki de gerçekten pek özel bir kuldur."

"Eh, o zaman bekleyip görelim bakalım, Allah'ın bu pek özel kulunun önümüzdeki günlerde yapacaklarını. Belki bizi bir mucize bekliyordur."

"Bak bir şey söyleyeceğim sana, Sedat döndüğünde sana istifa konusu açacak olursa ilk defa duyuyormuş gibi yap ve yüreklendir onu. Kararımı verdim, diyor ama bence hâlâ tereddütleri var."

"O atasözünü bilirsin, *Kaderde varsa düzülmek, neye yarar üzülmek!* Kısacası bazı şeyleri göze almak lazım. Aslında biz Türkler demokrasiyi beceremiyoruz, kuzin, hangi parti gelirse gelsin sonunda kendini demokrat değil, otokrat buluyor! Neden? Çünkü, al sana bir başka atasözü: *Alışmış kudurmuştan beterdir* de ondan, beş yüz yıl sultan yumruğu altında yaşayan kim? Biz!"

"Sen yan iş olarak bir atasözleri antolojisi yazsana. Hekim-yazar olarak ünlenirsin."

"Niye kızıyorsun ki bana? Seçimlerde kazanmak da var, kaybetmek de. Ben koltuğumdan asla inmem ve inmemek için her türlü yola başvururum, diyorsan, rejimin adını değiştir, kardeşim, sisteme 'demokrasi' değil, 'otokrasi' de o zaman! Ya da parti kurucuları parti adlarını iddiasız isimlerden seçsinler, ne bileyim mesela Yaprak Partisi, Yıldız Partisi, Çiçek Partisi gibi, hiç olmazsa ters düşmezler adlarıyla. Bu harika önerimi söyle de meclise sunsun kocan, ayrılmadan son bir güzellik yapsın partisine."

"Seninle gerçekten iki satır ciddi konuşulmuyor. Şurada dertleşeyim dedim, pişman oldum. Sedat'ın istifayı düşündüğünü hiç kimseye, aman Selçuk, sakın Sevim'e bile söyleme gözünü seveyim. Zaten kendi de tam kararını vermedi, duyulursa vallahi skandal olur!"

Konuşurken heyecanlanıp ayağa kalkan Selçuk, kuzininin yanına oturdu, ellerini avuçlarına aldı.

"Haklısın, kimseye söylemem, böyle ciddi konularda ağzım sıkıdır, bilirsin, haydi dertleş benimle derdi hiç bitmeyen dertli Sevda'm. Haydi ama asma yüzünü, anlat, kendi mi karar verdi, yoksa sen mi istedin kocanın istifa etmesini?"

"İstifa kararını vallahi kendi verdi, benim hiç katkım yok. Ben en başta istememiştim siyasete bulaşmasını. Gene tersini yapar diye ağzımı bile açmadım bu sefer."

"Her neyse... Hayırlısı olsun da Sedat madem istifa edecek hâlâ ne diye uğraşıp duruyor ta oralarda?"

"Sedat bu! Üstlendiği görevi layıkıyla tamamlamadan ayrılmak istemedi."

"Evet, tipik Sedat! İstifa sonrasında İstanbul'a taşınırsınız herhalde."

"Nerede iş bulursak orada yaşayacağız. Sedat'a İstanbul'dan bir iş teklifi geldi ama Ankara'da kurulu bir düzenimiz, evimiz barkımız, dostlarımız var diye ikimiz de orada kalmayı tercih ediyoruz. On yıllık yaşantıyı değiştirmek pek kolay değil. Gördüğün gibi şu an şey havada, hayatımız belirsizlik üzerine kurulu."

"Sizin için Ankara'nın en iyi tarafı İstanbul'a dönüşü değil, yani Yahya Kemal gibi düşünmüyorsunuz!"

"Katiyen!"

"Vah vah! Sen bana 'ifratla tefritsin' dersin ama siz karı-koca benden betersiniz. İstanbul'un o eşsiz Boğaz'ı, Adalar'ı, cami minarelerinin ardındaki muhteşem güneş batışı, Moda'sı, Kanlıca'sı, Çamlıca'sı var. Ankara'nın nesi varmış?"

"Ankara'nın da Çankaya'sı, Dikmen'i..."

"Saçmaladığının farkındasın, değil mi?"

"Sana bir itirafta bulunayım mı, odalarında babamın vefat ettiği, annemin acılar çektiği evde yaşamak benim de pek içimden gelmiyor doğrusu."

"Haklısın... Annen kansere yakalandı diye hayıflanırken, sapasağlam babanın pat diye kalpten gitmesi... Kısacası göğüslediklerin kolay değil ama bir gerçek var ki hiç değişmiyor, nerede olursan ol, senin düzenin belli."

Sevda kuzeninin el hareketini görünce yüzü kızararak ama gülmesine de mâni olamayarak, "Terbiyesiz!" dedi, "Bizim aileden senin gibi bir maskara nasıl çıkabildi? Acaba teyzemle eniştem seni kimsesiz çocuklar yurdundan evlatlık mı aldılar?"

"Babamın Fatih burnu beni şereflendirmese, inan ben de şüpheye düşerdim."

"Çay demlenmiştir... Bir şeyler de koyayım yanına, birlikte atıştıralım.

"Sağ ol ama ben kaçayım, viskin de yok zaten."

"Viski kimde var ki bende olsun? Sedat getirecek olursa haber veririm, içkiye gelirsin."

"Bugünün vizitesi iki parmak viskiden fazla yazar."

"Sen de dört parmak içersin o zaman!"

"Şişeyi sana hediye ederim diyemiyorsun, pinti sen de!"

Selçuk ayağa kalkınca Sevda da ayaklandı, kapıya doğru yürürlerken, "Selçuk bak, doğru söyle, bu çocuk sabaha kapı önüne konulacak kıvama gelir mi?" diye sordu endişeyle.

"Bütün mesele kaşındaki pansuman ve dövülmenin tahribatıysa çok genç olduğu için çabuk toparlanır, merak etme."

"Bu akşam geç de olsa uyandığında gidemez mi?"

"Olan olmuş bari geçirsin geceyi, iyice dinlensin ama sabah mutlaka erkenden yolla çocuğu evinden. Hastayım, dedin ya arkadaşına, geçmiş olsuna gelmeye kalkarlar, kocan da yurt dışında, zor durumda kalırsın."

"Daha neler! Fesatsın ha! Aklına neler geliyor."

"Benimkine değil, onlarınkine gelir. Uzaklarda bir koca, evde olgun bir fıstık, bir de yabancı genç adam... Nasıl ama senaryo!"

"Aklın fikrin hep aynı şeyde. Bu yaşa geldin hiç değişmedin, aferin sana olgunlaşamayan Dorian Gray!"

"Bana Gray kadar yakışıklısın diyorsun, öyle mi?"

"Yakışıklısın ama hızlı hayatından dolayı sen yaşını gösteriyorsun, kuzen."

"E, ne yapalım, ben hep beni yıpratan kadınları sevdim. Herkes senin kocan gibi şanslı değil."

"Bu şimdi bana iltifat mı, üstü kapalı aşağılama mı?"

"Allah aşkına Sevda, ben ne dedim de bu kanıya vardın?"

"Huzur veren kadın, dedin."

"Huzur veren kadın fena mı bir şey mi?"

"Kibarca, heyecan veren kadın değilsin demek."

Selçuk ne diyeceğini bilemeden bakakaldı. Gerçekten gücendirmiş miydi acaba kuzinini.

"Sevim mesela, huzur veremez ama..." Bir şeyler söylemeye çalışan kuzenine lafını bitirtmedi Sevda, "Uğraşma karınla Selçuk, seni ondan başka bir kadın asla çekmez. Sevim senin arkanı sürekli toplamasa ve kaçamaklarını bağışlamasa görürdün sen!"

"Ben karıma sadece ünlü karemizi bozmamak için katlanıyorum. Sedat-Sevda-Selçuk-Sevim dörtlüsünü dağıtırsak yazlığımızdaki briç turnuvasında SESE karesi olarak aynı başarıyı elde edemeyiz diye. Kıymetimi bil, yani!"

"Nankör!"

"Ha, bak Sevda, sakın Sedat'ı karşılamaya gitmeye kalkışma. Yollar şu ara hiç tekin değil," diyerek konuyu değiştirdi Selçuk.

"Gidemem zaten, Ayla'nın yarınki briç karesini, hastayım yalanıyla bozdum, sokağa çıktığımı öğrenirse öldürür beni."

"Senin bu arkadaşının direnişlerden, yürüyüşlerden filan haberi yok mu?"

"Boğaz'da yaşayan birisi radyo dinlemiyor, gazete de okumuyorsa nereden haberi olsun?"

"Doğru söyledin, seninkiler için varsa yoksa briç!"

"Sabahtan akşama dedikodu yapmaktan iyidir, en azından kafa çalıştırıyor."

Öyle dedi ama nisan ayında yine kızlarla briç oynarlarken Ayla'ya, İstanbul Üniversitesi'nde de hükümet aleyhtarı gösteriler başlamış dediğinde neden söz ettiğini bile bilmemesine şaşırmıştı Sevda. Sadece Ayla'nın ve o anda masada olanların değil, İstanbul sosyetesinin davetlerinde dolanıp duran çoğu arkadaşının da haberi yoktu Ankara ve İstanbul'da sokaklara dökülen üniversite gençliğinden.

Ankara'yla İstanbul'un farklarından biri de buydu işte. İstanbullu kadınların kocaları ticaretle uğraşan işadamlarıydı. Ankaralılar siyasetle nefes alıp verirken İstanbulluların aklının ucundan geçmezdi siyaset. Evlerde konuşulmadığına göre, Sevda'nın arkadaşları nereden bilecekti memlekette nelerin olup bittiğini? Belki de hiçbir işe yaramayan atışmalı, asabi konuşmaları dinleyerek yersiz endişelere kapılmaktan çok daha iyiydi gezmek tozmak, alışverişe çıkmak, sinemaya veya tiyatroya gitmek, konken veya briç masalarında vakit öldürmek. Memleketin halini kendi biliyordu da neye yarıyordu!

Düşüncelerini Selçuk böldü.

"Ya briç ya dedikodu! Gerçekten sıkıcı bir hayat sizinki ama sen aniden dört ayak üstüne düştün, kuzin."

"Nasıl yani?"

"Esme rüzgâr, yağma yağmur; yolda yolcun var senin, bir de yolcu edeceğin taburcu gencin var senin. Daha ne olsun!"

"Münasebetsiz kuzenim, teşekkür ederim yardımların için, sen olmasan n'apardım ben?"

"Her zaman emrine amadeyiz efendim," dedi Selçuk ve kapıdan çıkmadan önce ilave etti.

"Sevda, gece odanın kapısını mutlaka kilitle, ne olur ne-olmaz!"

25 Mayıs, Akşam Saatleri

Sevda, Yusuf'u uyandırmamak için sessiz olmaya dikkat ederek oğlanın yattığı odanın kapısını aralayıp baktı, Yusuf uykusunda sayıklıyordu. Ateşi henüz düşmemişti. Kendi odasına geçti, havlu dolabından küçük boy bir havlu çekip banyoya koştu, soğuk suyla iyice ıslattığı havluya bir de bol kolonya serpti, Yusuf'un yanına dönüp havluyu oğlanın kaşındaki pansumana dikkat ederek alnına yaydı. Tanrım, hayırlısıyla sabaha kadar ateşi düşsün, bu zavallı da kalkıp gitsin evimden, diye ettiği duayı oğlana doğru üflerken irkildi, ona "abla" diye hitap eden oğlan gözünü açıverip onu böyle anneannesi gibi okuyup üflerken görse ne düşünürdü acaba. Bütün bunlar, tahtalara vurmalar filan, hepsi yaşlanmanın işaretleriydi de bu gerçeği başkalarına açık etmenin gereği yoktu. Çıktı odadan, mutfağa geçerken gözü holdeki aynaya takıldı, loş ışıkta omuzlarına düşen kumral saçlarıyla hiç de fena sayılmazdı... Ah, keşke hep loş ışıkta kalabilseydi onun yaşındaki kadınlar!

Mutfağa girdi, buz dolabından yiyecek bir şeyler çıkardı, hazırladıklarını atıştırıp oturma odasına geçti, odanın en rahat koltuğu olan rahmetli babasının berjerine kurulup radyoyu açtı, gün boyu yaşadıklarını sindirmek için bir an gözlerini kapadı ve nasıl da yorgun olmalı ki o an içi geçti.

Telefonun sesiyle fırladı yerinden.

"Telefonunuzu bağlıyorum," diyordu santral memuresi.

Bekledi. Telefon bağlandı, çaldı çaldı çaldı, ses yok. İsviçre'de saat akşamın on birine geliyordu ve henüz otele dönmemişti Sedat. Neredeydi bu adam? O tatsız düşünce takıldı aklına yine... Belgin de kocasının başkanlık yaptığı o grubun içinde miydi acaba? Birlikte gideceklerinin adlarını saymıştı Sedat, aralarında o yoktu, dilinin ucuna kadar gelmişti sormak ama kendine yedirip soramamıştı... Yok, öyle olsa duyardı kesin, zaten Sedat da yalan söylemeye tenezzül edecek biri değildi.

Bir kere daha arasa mıydı acaba?

Eğer asansörde bulduğu çocuk şu anda arka odada ateşler içinde yanıyor olmasaydı, santral memuresine bir kez daha yalvar yakar olmazdı ama Sedat yarın dönüyorsa, oğlanı kesinlikle çıkarması gerekiyordu evden. Son konuştuklarında tam tarih veremiyorum, uçakta 26 Mayıs'a yerimi ayırttım, görüşmeler yine uzarsa sana bildiririm, demişti. Şu ana kadar bildirmediğine göre... Yarın dönüyor olmalıydı.

Telefonu yeniden bağlatma düşüncesi ise onu kocasının o saatte odasında olmamasından daha fazla yorsa da oflaya poflaya, söylene söylene bir kez daha aradı milletlerarası santrali, otelin numarasını verdi. Sonra dayanamadı, yine Yusuf'un yattığı odaya gitti ve elini oğlanın boynunda gezdirdi. Selçuk'un deyişiyle hâlâ fırın gibiydi çocuk, hem de harlı tarafından! İğnesi vurulalı epey olmuştu, kolonyalı soğuk pansuman da fayda etmemişti ki ateşi hâlâ düşmemişti. Neden acaba? Kaşındaki yara iltihaplanmış olmasın sakın! Eğildi, yakından baktı yarasına, bir şişme veya kızarma yoktu pansumanın çevresinde. Yusuf inledi uykusunda. Canı sıkıldı. Sabahın köründe kapıya nasıl koyacaktı ateşler içinde yanan hastayı!

Tanrım, ne olur Sedat yarın dönmese, diye yalvardı içinden. Sadece bir gün sonra dönse, oğlanın ateşi kesin düşerdi. Selçuk da dilini tutarsa, kocasıyla gerginlik yaratacak gereksiz bir münakaşadan kurtulmuş olurdu. Sedat herhangi bir art niyetle değil, erkek ya da kadın olması fark etmezdi kocasına, sadece tanımadığı, hırlı mı, hırsız mı olduğunu bilmediği birini evine aldığı için kızardı Sevda'ya.

Sevda ve Sedat üniversite yıllarından beri birlikteydiler. Diplomalarını alır almaz evlenmişler, yüksek lisans yapmaya yurt dışına gitmişler, yıllar önce evlat kaybetmenin acısını birlikte göğüslemişler, pek çok çifti ayırabilen o büyük acı, onların birbirlerine olan sevgi ve anlayışlarını perçinlemişti. Karşılıklı itimatları tamdı ama her ikisinin de elbette bam telleri vardı ve birbirlerinin bam tellerine dokunmamaya itina gösterirlerdi. Bu yüzden Sevda neredeyse on güne yakın bir ayrılıktan sonra kocasını bir tartışmayla karşılamayı hiç istemiyordu!

Sedat milletvekilliğine adaylığını koyduğundan beri zaten kaçınılmaz bir münakaşa zemini oluşmuştu evlerinde, on yıl öncesine kadar gül gibi geçinen karı-koca, birbirlerini incitmemeye onca dikkatlerine rağmen, sırf siyaset yüzünden atışır olmuşlardı.

Ama öyle bir an gelmişti ki artık, genel manzarayı yüksekten bakamayan biri nasıl göremezse; neresinden bakılsa görmezden gelinemeyecek ortamda, Sedat hak vermişti karısına.

İstanbul'da bir şirketten gelen, gizli tutulmasına çok dikkat ettiği bir iş teklifine sıcak bakmıştı. İmzayı dönüşündeki istifa sonrası atacaktı elbette ama duyulacak diye de ödü kopuyordu... Hele muhalefetten birinin kulağına gidecek olsa, maazallah!

Sevda işi kabule kocasını yüreklendirmek için elinden geleni yapmıştı ama yolculuğa çıkmadan bir gün önce Sedat yine tereddütlere düşmüştü. Eğer sürüden ayrılmaktan korkuyorum ya da gemi batarken kaçmayı kendime yediremiyorum, dese, anlayışla karşılamaya çalışırdı ama neymiş, daha önce hiç özel sektörde çalışmadığından özel sektörün şartlarına, temposuna uyum sağlayabilir miymiş?

Lafa bak hele, sen ki sabahlara kadar süren oturumlara ayak uydurdun!

Neredeyse emeklilikleri yaklaşırken (yok artık, henüz ne emekliliği?) alıştıkları hayatı, eşlerini dostlarını bırakmak zor olmayacak mıymış?

Bu zor bırakılacak eş dost arasında Sevda'nın kafasına kocasıyla aynı komisyonda çalışan o pek havalı Belgin Hanım takılmıyor değildi!

Hayır, hayır! Ne Sevda ne de Sedat, tenezzül edemezlerdi böyle şeylere ama diğer konu, yani teklif edilen işi kabul edip etmemek tartışmaya açıkken, genç bir serseriyi eve alma tartışmasına hiç gerek yoktu doğrusu!

26 Mayıs, Sabah Saatleri

Bölük pörçük bir uykudan sonra, gün yeni aydınlanmaya başlarken uyandı Sevda. Yataktan inip üzerine sabahlığını geçirdi, koşturarak Yusuf'un odasına gitti. Alnına koyduğu havlu, yastığa düşmüştü ama kaşındaki bandaj yerinde duruyordu. Başucundaki masadan dereceyi alıp ateşini ölçmek için zorla uyandırdı oğlanı. Dün geceki kadar yüksek değildi ama sabahın köründe 38 derece, yüksek ateş sayılırdı.

Kısacası kötü bir güne başlıyordu, Yusuf'un ateşi düşmemişti, Sedat'la konuşamamıştı.

Tek tesellisi, bugün dönüyorsa eğer, kocasının akşamüstünden önce eve varamayacak olmasıydı. Selçuk sabah hastaneye gitmeden uğrar, bir iğne daha yaparsa öğlene doğru ateşi kesin düşer, öğleden sonra da çekip giderdi Yusuf.

Kendi odasına geçip yatağın üzerine uzandı ve saatin yedi olmasını bekleyip Selçuk'a telefon etti. Telefonu Sevim açtı.

"Ah, çok özür dilerim Sevim, ben ateşliydim de dün gece, Selçuk'un içirdiği ilacın pek faydası olmadı. Doktorlar erken uyanır diye aradım ama şu işe bak, onu değil de seni uyandırdım, kusura bakma."

"Banyoda Selçuk. Ben de uyanmıştım zaten, hayrola neyin var canım, Selçuk hiçbir şey söylemedi ki bana! Sorunumuz da bu zaten, aramızdaki iletişimsizlik."

Eyvah, anlaşmazlıkları hiç bitmeyen çiftin karı-koca meselelerinin içine düştüm galiba, diye düşündü Sevda ama içi de rahat etti. Demek Selçuk dün akşamdan söz etmemişti karısına.

"Bir sürü önemli hastalıkla uğraşıyor, benim kırıklığımı hastalıktan saymadığındandır," derken lafını kesti Sevim.

"Hayır şekerim, beni adam yerine koymadığı için! Eğer söyleseydi, sana çorba yollardım, hatta gece gelir, yanında kalırdım. Sedat da yurt dışında ya, konuşur dertleşirdik. Ben de çok doluyum, ta boğazıma kadar Sevda, iyi gelirdik birbirimize."

"Yaparız yine, ben düzelince. Salya sümük nezlem var, geçmesin sana da. Bir iki güne iyileşince buluşur, dertleşiriz. Sen banyodan çıkınca beni aramasını söyle kocana, olur mu canım."

"Dur... Bekle... Geldi zaten, veriyorum telefonu! Bak Sevda seni arıyor, insan söylemez mi bana onun hasta olduğunu, aşk olsun sana!"

Bir süre karı-kocanın aralarında ki atışmalarını dinledi ve nihayet Selçuk'un sesini duydu, "Günaydın kuzin, geceyi nasıl geçirdin?" diye soruyordu.

Mümkün olduğunca alçak sesle, "Ateşler içinde sayıklayarak. Sabah otuz sekiz buçuktu ateşi. Yani... Bir uğrasan çok sevinirim," dedi Sevda.

"Sabah hastanedeki vizitelerim bitince uğrarım."

Sesini daha da alçalttı Sevda.

"Çabuk hazırlan da hastaneden önce ilk bana uğra, ayrıca Sevim'in de bana gelmesine mâni ol. Bulaşıcı olma ihtimali mi var dersin, orası senin bileceğin iş, senin yalan kapasiten benimkinden üstündür, at bir şey, mi!"

"Viski miktarı çoğalmakta bak, şişeye el koyarım, ona göre!"

"Yahu Selçuk, kasap et derdinde, koyun can derdinde! Çabuk gel! Zor durumdayım."

Kapattı telefonu. Tekrar Yusuf'un yattığı odaya koşarken koridorda inlemesini duydu oğlanın. Önce parmaklarını tıklattı kapıda, az bekleyip usulca açtı kapıyı, yatağında sağlam kolunun üzerinde doğrulmuş, oturmaya çalışıyordu Yusuf.

"Nasılsın?" diye sordu.

"Sağ kolumu oynattığımda canıma okunuyor."

"Kolun kırık olmasın?"

"Kımıldamadığım sürece mesele yok ama öksürmek bile canımı yakıyor."

Sevda oğlanın her iki kolunu bileklerinden omzuna kadar elleriyle yokladı ve sordu.

"Acı var mı?"

"Yok."

"Kollarında kırık olsa acırdı. Dün sana bakan Doktor Selçuk yine uğrayacak, o nedenini söyler de bana kaburgaların hasar görmüş gibi geldi."

"Siz anlıyorsunuz bu işlerden, hemşire misiniz yoksa?"

Güldü Sevda. "Değilim. Küçükken kiraz ağacının en tepesinden düşmüştüm de o yüzden bilirim."

Oğlan da gülmeye çalışırken acıyla yüzünü buruşturdu.

"Hazır uyanıksın, ateşini ölçelim bakalım."

Sehpada duran dereceyi oğlanın dilinin altına soktu, "İki dakika konuşma," dedi.

Çocuk bir tarafa kaykılmış vaziyette, acı çektiği belli olarak bekledi. Sevda dereceyi alıp baktı.

"Otuz sekiz iki. Buna da eyvallah. Dün gece kırkı gördük."

"Şey... Ben tuvalete... Ne taraftaysa..."

Hay Allah, nasıl akıl edemedim, zavallı donuna edecek herhalde, diye düşündü Sevda.

"Ayağa kalkabiliyor musun tek başına?"

"Denerim," dedi Yusuf. İki çıplak kıllı bacak çıktı çarşafın altından.

"Dur ben sana babamın robdöşambrını getireyim..."

"Neyini?"

"Robdöş... Bornozunu."

Annesiyle kalmaya başladığında, hafta sonları onu görmeye gelen Sedat'a da lazım olur diye babasının bornozunu, robdöşambrını hatta terliklerini saklamıştı. Annesinin, sanki kendi de aynını yapmıyormuş gibi, "Bahane arama kızım, babanın eşyalarını atmaya da vermeye de kıyamıyorsun," dediğini hatırlayınca içi sızladı. Annesiyle birlikte babasının kolonya kokusunun sindiği bordo hırkasını, en sevdiği ekose gömleğini ve gri kaşkolünü Mehmet Efendi'ye vermek üzere ayırmışlar ama annesi son dakika vazgeçmiş, hepsini bir bohçaya sarıp saklamıştı.

Anılarından sıyrılıp banyoya koştu, kapının arkasında asılı duran bornozla geri geldi ama Yusuf kolunu hiçbir şekilde kaldıramıyordu ki giyebilsin.

"Bekle!" Yine banyoya koştu, bu sefer büyük boy bir havluyla döndü.

"Sar bunu beline," dedi, arkasını döndü oğlana, bekledi.

"Sardım... Ama doğrulamıyorum... Yardım eder misiniz lütfen."

Yataktan inmesine yardım ederken, yine oğlanın ter kokusu çarptı burnuna. Bu sabah çıkıp gitmezse, ter kokusu odaya, hatta bütün eve sinerdi. O banyodayken odasındaki camı açıp havalandırsa mıydı içeriyi? Gözleri Yusuf'un yere düşmüş gömleğine takıldı. Yakası kan lekesi olmuştu. Kaloriferler de yanmıyordu ki artık bu mevsimde, yıkamaya kalksa akşama kadar kurumazdı. Annesinin yine kimseye vermeğe kıyamadığı babasına ait birkaç gömlek hâlâ duruyordu çekmecede, acaba onlardan birini mi giyse, diye düşünürken çıplak ayak yürümeye çalışan oğlanın sendelediğini görünce hemen koluna girdi, yavaş yavaş koridora çıkıp banyoya doğru gittiler.

"Sen şimdi duşa gir, şununla (küçük boy bir havlu uzattı oğlana) kaşındaki pansumanı sakınarak bir güzel yıkan, sonra da bir dakika kadar soğuk suyun altında kal, ateşinin düşmesi için. İşlerini bitirince seslen bana."

"Şey... Ben nasıl teşekkür edeceğimi bilemiyorum... Sağ ol... olun... Abla..."

"Adım Sevda."

Oğlan ne kadar sıkışmış olmalı ki hiçbir şey söylemeden hemen banyoya girip kapıyı kapattı.

Sevda aceleyle Yusuf'un yattığı odaya gidip pencereyi açtı, yastıklarını kabarttı, sonra kendi yatak odasına yürüdü, yatağının kenarına oturdu ve içine düştüğü durumu düşündü.

Bir türlü evine dönemeyen bir koca, evde kolu kanadı kırık, ateşler içinde hiç tanımadığı bir genç adam ve öğrenci direnişleriyle sınanan bir ülke!

Tekdüzeliğinden şikâyetçi olduğu hayatı, karmaşık bir romana dönüşmek üzereydi. Ağlasın mı gülsün mü, bilemedi.

Telefon çalıyordu. Salona koştu. Nefes nefese açtı.

"Günaydın canım," diyordu kocası, "dün akşam konuşamadık çünkü ben biraz geç döndüm otele. İsviçreliler dün akşam bize veda yemeği verdiler, sonra da Bataclan'a götürdüler, şu meşhur striptiz yerine... Bilirsin, seninle birlikte de gitmiştik. O yüzden uzadı gece, uyumuşsundur diye aramadım o saatten sonra. Dün yine büyük şehirler hareketliymiş, caddelerde tutuklanmalar filan olmuş... Sakın sokağa çıkma bugünlerde..."

Dudağının ucuna gelen, "Belgin Hanım da dün akşam sizlerle birlikte miydi?" sorusunu yuttu Sevda, onun yerine, "Sado'm, sen bugün dönmüyorsun herhalde, yoksa şimdi yolda olman gerekirdi," dedi.

"İyi misin sen, Sevoş, sesin bir tuhaf geliyor da?"

"Ben iyiyim ama sen hâlâ orada olduğuna göre bugün de mi dönmüyorsun?"

"Yarın geliyorum inşallah."

"Bugün döneceğini söylemiştin de..."

"Öyleydi ama bugün aktarmasız uçak yoktu İstanbul'a. Ulaşımı ayarlayanlar havaalanlarında eziyet çekmeyelim diye yarına değiştirmişler uçuşumuzu. Ne oldu canım, çok mu özledin beni?"

"Özledim," dedi Sevda, "zor günler geçiriyoruz burada, yanımda olmanı istiyorum."

"Bir gün daha dayan, sevgilim. Sonra birlikte göğüsleyeceğiz olacakları. Sana verdiğim sözü ne pahasına olursa olsun tutacağım çünkü benim de burama geldi artık... Neyse, bunlar telefonda konuşulacak konular değil. Yarın akşam buluşunca bol bol sohbet ederiz. Verdiğin listenin dışında istediğin başka bir şey var mı buradan?"

"Eğer alabilirsen Selçuk için bir şişe viski getir. Dün akşam uğradı da..."

"Tamam. Havaalanından alırım uçağa binerken."

"Son gün yapacakların vardır, ben seni salayım Sado'm."

"Öptüm Sevoş'um. Kendine iyi bak."

"Sen de canım."

Yüreğinde hem kocası bugün dönmüyor diye ferahlıkla hem de tuhaf bir ağırlıkla kapattı telefonu Sevda.

Kocasına evdeki yabancıdan söz etmeyerek dürüst de davranmamıştı, yanlışının farkındaydı ama yurt dışındaki adamı telaşlandırmanın, huzursuz etmenin de hiçbir yararı yoktu. Evinde iktidara karşı gösteriye karışmış bir yaralı genci sakladığını söylese, istifanın eşiğindeki Sedat kesin kıyameti koparırdı... da... Yusuf'un iktidara karşı olup olmadığını da henüz bilmiyordu ki! Yusuf belki sadece orada bulunduğu için polis şiddetine maruz kalmış biriydi. Hele dönsündü evine Sedat, versindi istifasını ve elbette Yusuf da tez vakitte hiç kimseye varlığını hissettirmeden çekip gitsindi; aradan makul bir zaman geçtikten sonra, ileride bir akşam tatlı bir sohbete daldıklarında elbette anlatırdı başına gelenleri. Bir daha hiç görmeyeceği, karşılaşmayacağı bir yaralı kuşa yardım ettiği için aferin bile alabilirdi kocasından.

Ah evet, aynen böyle yapacaktı!

Böyle düşündü ama rahatlayamadı. Çeşitli nedenlerle içi içini yiyordu, kocasının istifa edecek olması, kim bilir ne sıkıntılara yol açacaktı.

Sedat'ın istifasından sonra başlarına gelebilecekleri aralarında defalarca tartışmışlardı. Gerçi kocasının muhalefet partisiyle hiçbir bağlantısı olmadığı gibi kendi partisinde de takıştığı, atıştığı, tersine fırçaladığı tek bir kişi bile yoktu ama iktidarın başındaki ikilinin, karşı görüşte olanlara kindarlığı ve zalimliği bir süredir gözle görülür, elle tutulur hale gelmişti. Bu yüzden ona veya kocasına üniversitelerde öğretim üyeliği veya danışmanlık teklif edebilecek kurumlar, başlarına dert açmamak için çekingen davranacak olurlarsa Sedat da haliyle kendine sunulan yegâne teklifi kabul etmek zorunda kalacak, İstanbul'a döneceklerdi.

İşte o zaman başlayacaktı kaçınılmaz taşınma telaşı!

Ankara'da her birini severek, seçerek aldıkları modern mobilyaları İstanbul'a nakletseler, annesinin çok değer verdiği, kocasının da nefret ettiği kalantor takımlarını ne yapacaktı?

Hayatlarının akışını değiştirmenin arifesinde sevimsiz ayrıntılarla uğraşadururken, bir de içeride yatan, neyin nesi olduğunu bilemediği bu genç... Bunca sıkıntının arasında bari kocamla aramda husumet olmasın, diye düşündü. Bu çocuk yarın sabaha kalmadan, bu gece mutlaka gitmeliydi!

Kapı vuruluyordu. Selçuk gelmiştir diye koşturdu ve kimin geldiğini kontrol etmeden kapıyı açınca karşısında Kapıcı Mehmet Efendi'yi buldu.

"Hayrola!" dedi.

Adam şaşkın gözlerle baktı, "Çarşıya çıkıyordum, bir isteğiniz var mı, diye sorayım dedim." Elindeki fileden çıkardığı gazeteyi ve taze ekmeği uzatıyordu.

"Ha! Dün gece uyuyamadım da... Sersem gibiyim... Şey, tavuk alır mısın, on tane de limon alıver."

"Çiçek pazarına gitmiyorum, arka sokaktaki manavdan ve bakkaldan alışveriş edeceğim."

"Arka sokakta kasap yok mu?"

"Var."

"İyi. Bekle, para getireyim..."

"Rahmetli anneniz tavuğu illa Çiçek Pasajı'ndaki kasaptan alırdı da... O yüzden söyledim yani."

"Mehmet Efendi, benim biraz acelem var. Sedat Bey geliyor yarın, hazırlık yapacağım. Sen yakındaki kasaptan alıver bu seferlik."

Yusuf'a, hastalandığında annesinin çocukluğunda ona yaptığı gibi bol limonlu bir tavuk çorbası pişirecekti ki bir an önce iyileşsin ve çekip gitsin! Kapıcının uzatıp durduğu ekmekle gazeteyi nihayet elinden alıp bir koşu para getirmeye gitti, koşa koşa geri geldi, parayı tıkıştırdı adamın eline. Mehmet Efendi telaşına şaşırmış mıydı acaba?

Yatak odasına dönen Sevda, yatağını yapmaya yeltendi, vazgeçti, dolabından bir etek, iki bluz çıkardı, yatağa yayıp etekle hangi bluzun daha iyi gittiğine baktı, sonra da makyaj masasına oturup rujunu, rimelini, allığını sürdü. Yusuf hâlâ banyodaydı, içeriden akan suyun sesi geliyordu. Sonra su sesi kesildi, önce düşen Yusuf'un devirdiklerinin gürültüsünü, ardından da acıyla inlemesini duydu. Fırlayıp banyoya koştu ama kapının önünde kararsız kaldı! İçeri girmek istiyordu ama ya oğlan yerde çırılçıplak yatıyorsa?

"Yusuf, düştün mü?" diye seslendi. Yanıt gelmedi. Belli ki içeride ayağı kayıp ya da başı dönüp düşmüştü. Ah Selçuk, nerede kaldın, diye söylenerek, tekrar boşuna tıklattı kapıyı.

Sonra yine "Yusuf... Yusuuuf," diye seslendi, nihayet zor çıkan sesini duydu oğlanın.

"Ayağım kaydı."

"Kalkamıyor musun?"

"Kalkamıyorum, koluma yüklenince çok canım yanıyor."

"Yardım ister misin?"

"Evet ama... Şey... Çıplağım. Sırtım çok acıyor... Biraz kendime geleyim, yeniden deneyeceğim kalkmayı."

"Bornoz asılı kapının arkasında... Giy onu da içeri girip yardım edeyim sana."

"Havluyu da kapının arkasına asmıştım... Kalkamıyorum ki..."

"Bekle, geliyorum hemen..." Sevda yatak odasına koştu, Sedat'ın bazı hafta sonları karısını ziyarete geldiği için, bu evde bıraktığı tek tük çamaşırının arasından temiz bir külot, bir atlet, bir pijama buldu, bir de büyük boy bir havlu seçip önce oğlanın yattığı odaya gitti, çamaşırları yatağının üzerine bıraktı. Sonra havluyla banyoya yürüdü, kapıyı tıklattı.

"Yusuf, ben şimdi kapıyı aralayıp havluyu sana doğru savuracağım. Onu beline sar, sonra da bana haber ver ki içeri gireyim... Tamam mı?"

"Hı... Evet..."

"Şimdi giriyorum içeri."

Devrilen kirli sepeti kapının önüne yuvarlandığı için kapıyı açarken zorlandı Sevda. Sepeti ayağıyla ittirip sırtı ona dönük yerde yatan oğlana doğru savurup yine bekledi içeri girmeden. Nihayet sesi geldi Yusuf'un.

"Havluya sarındım."

İçeri girdi, oğlan havluya bürünebildiği kadar bürünmüş, yatıyordu yerde.

"Kolum geriye gitmiyor... Yerden kalkamadım, bornoza erişemedim," dedi.

Sevda kapıda asılı bornozu alıp oğlanın çıplak omuzlarının üzerine örttü.

"Sağlam tarafın hangisiydi?"

"Bu."

Gösterdiği koluna girdi, oğlanı ayağa kaldırmaya çalıştı. Islak zeminde terlikleri kaydığı için sendeledi, dizlerinin üzerine düşer gibi oldu, tam o sırada kapı zili çaldı. Sevda banyonun kenarına tutunarak doğrulup ayağa kalktı, banyodan çıkarken "Sağ ol abla," dedi Yusuf.

Kapıya koşan Sevda'nın gözü antredeki aynaya ilişti. Geceliğinin üzerine geçiriverdiği sabahlığının sol tarafı herhalde oğlanla banyoda cebelleşirken sıyrılmıştı, omzu görünüyordu. Yusuf çıplak omzunu gördüyse ne düşünmüştü acaba? Mayıs başından beri arka terasta güneşlendiği için şimdiden bronzlaşmış teni, yaşını hiç de belli etmiyordu. Onun için mi abla demişti ona oğlan, teyze yerine?

Düşündüğüm şeye bak, dedi kendi kendine ve kapıya koşup açtığında Selçuk "Aaa! Yahu ne bu halin Sevda, alı al moru mor! Sana saldırmaya filan mı kalktı elin iti?" dedi ve âdeta Sevda'yı iterek girdi içeri.

"Dur yahu, dur! Deli misin! Yok öyle bir şey! Oğlanın banyoda düştüğünü duydum, içeri girip kalkmasına yardım edeyim derken ben de kaydım... Haydi koş yardım et de kaldıralım yerden, odasına taşıyalım. Dün gece çok ateşliydi, sırtı ağrıyormuş, sabaha kadar inledi."

"Sen nereden biliyorsun, odasında mı yattın?"

"He ya, koynuna girdim! Yahu evime tanımadığım birini almışım, atamadım da merhametten. Kapımı kilitledim ama yine de sabaha kadar gözüme uyku girmedi. Şuna bir bak da gitsin artık."

Banyoya seğirten Selçuk'un arkasından seslendi, "Bu kadar ateşle verem filan olmasın bu sakın!"

"Yaz bakalım bir veremli genç adam romanı ama satmaz, konu çok demode."

Saçmaladığının farkında olan Sevda kuzenine yanıt vermeden kendi odasına geçti, aceleyle yatağa serdiği etekle bluzlardan birini geçirdi üstüne, dağılmış saçlarını rasgele atkuyruğu yaptı, tekrar banyoya yürüdü. Selçuk, o giyinirken oğlanı odasına taşımıştı. Sağa sola saçılmış havluların biriyle ıslak zemini kurulayıp yerli yerine yerleştirdiği kirli sepetine attı. Etrafı toparladı, çıktı banyodan. Yusuf'un yattığı odanın kapısı açıktı ve Selçuk oğlanın ağzına bir derece sokmuş, ateşini ölçüyordu. İçeri girdi.

"Kaburgalarında çatlak var," dedi Selçuk.

"Nasıl da bildim ama!" diye atıldı Sevda.

"Neyi bildin?"

"İnanmıyorsan kendine sor, kaburgaların kırık senin, dedim Yusuf, demedim mi?"

"Dedin abla."

"Sevda, yarın sabah hastaneye uğra da Hipokrat yeminini et, sana bir diploma verelim," dedi Selçuk.

"Ne olacak şimdi?" diye sordu Yusuf, "Alçı mı lazım?"

"Hayır. Ağrını hafifletsin diye bir merhem lazım. Sonra ben bir güzel saracağım sırtını, istirahat edeceksin. Yaşın kadar gün say... Sahi kaç yaşındasın sen, Yusuf?"

"Yirmi bir."

"İyi, tam üç hafta sonra kaburgaların yeni gibi olur ama on gün kesin istirahat!"

Kuzenini kolundan tutup dışarı sürükledi Sevda.

"Deli misin nesin, ne demek on gün istirahat? Burada kalmak yok! Kocam geliyor benim!" diye söylendi, endişeli bir sesle.

"Fıstık gibi oğlan takılmış ağına... Bana teşekkür edeceğine..."

"Şakanın da bir haddi var. Seni çağırdığıma pişman etme beni!"

"The Her Dem Kızgın Kadın! Hiç şakadan anlamaz mısın sen?"

"Böyle şaka mı olur, hem de oğlanın yanında! Münasebetsiz sen de!"

"Üzülme yahu, oğlandan Sedat gelmeden kurtulamadınsa bize yolla, Sevim bakar."

"Yalvarırım Sevim'e söyleme! Söyledin mi yoksa?"

"Yahu, sen beni ne zannediyorsun? Bunca yıl sonra hâlâ tanımamışsan aşk olsun sana!"

"Selçuk, çok yorucusun!" dedi Sevda. Tekrar odaya döndüler.

"Evde hangi merhemler var?" diye sordu Selçuk.

"Krem Pertev'den başka krem yok evde."

"Neden? İnsan ihtiyaten birkaç merhem bulundurmaz mı yahu?"

"Ne gibi yani?" diye sordu Sevda.

"Yanık merhemi, yara merhemi, romatizma merhemi..."

"Burası doktor evi değil ki altı aydır benim evim sayılır ve ben dolaplarımda sanat ve edebiyata gerekmeyen şeyleri bulundurmuyorum."

"O halde sargı bezi de yoktur."

"Yok!"

Sevda ile Selçuk'un arasında konuşmayı şaşkın bakışlarla takip ediyor, ikisinin arasındaki bağı çözmeye çalışıyordu Yusuf. Büyük ihtimalle birbirlerine laf sokmayı âdet edinmiş iki kardeştiler.

"Edebiyatçının banyo dolabında ne bulunur, öğrenebilir miyim?" diye sordu yine Selçuk.

"Diş macunu, sabun, şampuan, tuvalet kâğıdı," dedi Sevda.

"Pardon, yanlış sordum, ecza dolabında ne bulunur?"

"Aspirin, tentürdiyot, oksijen, pamuk! Sabah uyandığında sırtı ağrıyor diye bir aspirin içirdim Yusuf'a, onu da bilgine arz edeyim."

"Aferin sana da şimdi bir şey daha yapacaksın, bir zahmet en yakındaki eczaneye kadar gidecek, sana söylediklerimi alıp geleceksin."

"Mehmet Efendi'yi yollarım."

Bu kez Selçuk, "Gelsene sen dışarı," dedi ve odadan çıkan Sevda'nın peşinden mutfağa yürüdü.

Mutfağa girince "Sen aklını mı kaçırdın?" diye çattı Sevda'ya, "Kurnaz Mehmet Efendi'nin eline koz mu vereceksin?"

"Ne kozu?"

"Sargı bezini, ağrı kesiciyi niye aldırdığını merak edecek. Sedat gelince ona, "Beyim, yolculukta bir şey mi oldu, sargı bezi filan aldım da bir kaza mı geçirdiniz gibisinden gereksiz laflar edecek..."

"Selçuk, nereden çıkarıyorsun bunları?"

"Çünkü adam Meraklı Turşucu. Siz Ankara'dayken annenler sizi ziyarete gelmişti ya, o ara benim de aram çok bozuktu Sevim'le, bir süre bu evde kaldım. İçtiğim içkilerin çöpe attığım şişelerine kadar hiçbir şey kaçmadı gözünden. Okuduğum gazeteden siyasi görüşüm, içtiğim sigaradan mali durumum hakkında fikir edindi, Zehir Hafiye!"

"Bu apartmandan o mesul ya, görevini hakkıyla yapmak içindir."

"Tembellik etme Sevda, iki adım ötede eczane var, git al yazacaklarımı, sen yokken ben de oğlanın ifadesini alayım."

"Ne demek o?"

"Neyin nesiymiş görelim bakalım. Kim onu bu hale sokmuş? Polis mi? Mafya mı?"

"Neler geliyor aklına! Zehir Hafiye asıl sensin."

"Haydi yollan Sevda, bu oğlanı bu akşam kapıya koyacaksan, dediğimi yap, asansörüne saklanması boşa gitmesin."

Selçuk çantasından reçetesini çıkarıp yazarken, Sevda odasına koşup saçına bir tarak vurdu, deri ceketini giydi, cüzdanını cebine soktu ve Yusuf'un yattığı odaya gitti.

"Sargı bezi gelince seni mumya gibi güzelce sarıp sarmalayacağım, Yusuf," diyordu Selçuk, "ilacını da hemen yut, akşamüstüne doğru ağrın hafiflemiş, ateşin düşmüş olur, dönersin evine, tamam mı delikanlı. Nerede kalıyorum demiştin?"

Bir şeyler mırıldanıyordu Yusuf.

"Eh, gidecek yeri var işte," diye düşündü Sevda, sanki bir yük inmişti sırtından.

Selçuk başka şeyler de soruyordu Yusuf'a ama diğer yanıtları hiç merak etmediği için sokak kapısını çekip çıktı Sevda. Asansörün düğmesine basmasına gerek kalmadı, herhalde

Selçuk geldiğinden beri onların katında duruyordu asansör. Girdi içine, Mehmet Efendi hâlâ değiştirmemişti ampulü. Bu adam da yaşlandıkça tembelleşiyor, diye düşündü, aşağı kata indiğinde Mehmet Efendi'nin ziline basıp onu yukarı çağırmaya ve ampulü değiştirmesini söylemeye yeltendi ama hemen vazgeçti. Bugün akşama doğru Yusuf evden ayrılmak için asansöre binecekse ışığının yanmamasında hayır vardı.

Sokağa çıkınca derin bir nefes aldı. Hava mis gibi bahar kokuyor, ışıltılı güzel bir yazın müjdesini veriyordu ama Sevda'nın kafası çözülmesi gereken sorunlarla doluydu. Hızlı adımlarla eczaneye doğru yürürken bir yandan da düşünüyordu; Sedat, Ankara'da iş bulamaz da İstanbul'a taşınmak zorunda kalırlarsa hemen İstanbul'da mezun olduğu okula başvuracaktı sanat tarihi öğretmenliği için. İstanbul pahalıydı, daha fazla ihtiyaçları olacaktı paraya, hem de çalışmadığı takdirde içine düşeceği boşluktan korkuyordu. O karanlık boşluklarda görmek istemediği anılar... Yıllar önce depresyondan günlerinin her ânını doldurarak kurtulmuştu. Çalışmak, unutmak istediğinden bir kaçış değil, bir sığınaktı onun için. Gençlerin dağarcığını edebiyatla, sanatla, insanın yaratıcılığıyla donatmak zaman içinde bir iş alanı yerine bir keyif şöleni olmaya başlamıştı.

Sedat'ın Ankara'da kalma tercihine aslında kendi de sıcak bakıyordu... İstanbul'a taşındıkları takdirde annesinin evini esaslı bir tadilattan geçirmesi, banyoları ve mutfağı yenilemesi, baştan aşağı badana-boya yaptırması gerekecekti. İyi de tadilat sırasında artık tamamen demode olmuş, çocukluğundan beri ısınamadığı koltuk takımlarını, oymalı, maun yemek masasıyla sandalyeleri nereye koyacaktı? Ah, nasıl akıl edemedi, satardı yahu!

Anadolu'nun Demokrat Parti sayesinde zenginleşen ve İstanbul'da da bir evleri olsun isteyen tüccarları ile çocuklarını büyük şehirde okutmak isteyen zaten varlıklı ağaları, beyleri... Ay kim alırsa alsın, hayrını görsündü. Kaliteli eşyaların modası geçmez, diyen annesi inşallah haklı çıkardı, sıra eşya satışına geldiğinde.

Antika parçaları satmak için de vefat eden varlıklı İstanbulluların evlerinde müzayedeler düzenleyen Portakal'a gitmeliydi. Aileden kalma gül ağacından oymalı kanepe koltuk takımlarıyla yaldız çerçeveli tablolardan böylece kurtulur, Hoca Ali Rıza ile Civanyan tablolarını da özel müzayedelerde paraya çevirirdi.

Yoksa bu işlerle hiç uğraşmadan annesinin evini möbleli mi kiraya verseydi?

Belki de en iyi çözümdü bu, kocasının da tercih ettiği gibi kirala evi, bas git Ankara'ya!

Ah keşke... Keşke... Taş atıp kolunu yormadan bu evi kiralasa ve her birini özenle, hevesle seçerek aldığı eşyalarla zevkine göre döşediği Ankara'daki evinde yaşamayı sürdürebilselerdi!

Canım Ankara, dedi içinden, başkent olmasına rağmen kültürel etkinliklerde kadınlar İstanbul gecelerinde olduğu gibi kıyafet ve mücevher yarıştırmıyorlardı; terziler, kuaförler çok daha ucuz, ulaşım çok daha kolaydı da... Ancak Sedat Ankara'dan da bir iş teklifi aldığı takdirde mümkün olabilecek, uzak bir hayaldi!

Binbir düşünceyle boğuşarak yürürken, eczanenin önünden geçip gittiğini fark edince geri döndü, Selçuk'un siparişlerini aldı ve evine girerken kapıda Mehmet Efendi'yle karşılaştı.

"Sizin evden sesler geliyordu efendim, beyefendi erken mi döndü?" diye soruyordu kapıcı.

"Radyoyu kapamayı unutmuşum, Sedat Bey yarın dönüyor," diye yanıtlayıp kendini asansöre attı. Işık yanınca, bu kez de ampulü değiştireceği tutmuş, işgüzar herif, diye geçirdi içinden ve birden gülmesi tuttu; hırsını, dünden beri ne yapsa yaranamayan ve her şeyden habersiz kapıcıdan çıkarıyordu.

Anahtarıyla kapıyı açıp eve girdiğinde Selçuk'la Yusuf'u derin bir sohbette buldu. Yusuf, üzerinde Sedat'ın pijaması olduğu halde, yattığı divanda Selçuk'un yerden alıp arkasına yerleştirdiği minderlere yaslanmıştı, rahatlamış bir hali vardı, belli ki gece içtiği ağrı kesicilerin etkisini görmüştü. Selçuk da divanın karşısındaki koltuğa kurulmuştu.

"Biliyor musun kuzin, bizim Yusuf meğer benim askerliğim sırasında görev yaptığım yöreden geliyormuş," diye karşıladı Sevda'yı.

Ne çabuk bizim olmuş Yusuf, diye düşündü Sevda. Şıpsevdi kuzeninin demek şıp-ahbap olabilme yeteneği de vardı.

"Neresiymiş orası?"

"Avanos. Ailem oralı değil ama ilkokulu ve ortayı orada okudum."

"Pek hoş bir yerdir, ben de askerliğimi torpilli olarak Kayseri'deki devlet hastanesinde yaptım. Kuzu etinden bıkınca arkadaşlarla dere kenarında alabalık yemeğe giderdik Avanos'a. Dere balığı kılçıklıdır ama rakıyla iyi gider."

"Avanos ilçedir, ben köyünden geliyorum," dedi Yusuf, köylülüğünden hiç gocunmadan.

"Ne güzel!" dedi Sevda, "Keşke köylerde yaşayan gençler hep senin gibi olsa."

"Bizim köyden yüksekokula gidenler çoktur."

"E, hepiniz mühendis, mimar, hukukçu veya doktor olursanız tarlaları kim sürecek?" diye sordu ukala Selçuk.

"Traktör!"

"Haklısın, bu araç geleli beri ailelerdeki bütün erkek çocukların tarlaya bağlı kalmasına gerek kalmadı," dedi Selçuk.

"Yani sen memnunsun Demokrat Parti'nin icraatlarından, öyle mi?" diye lafa girdi Sevda.

"Değilim, her köylünün bir değil, iki adet traktörü olsa kaç yazar?" diye yanıtladı Yusuf, "Zaten halk şudur budur diye bölünmüş, ikinci sınıf vatandaşlar yaratılmıştı, bu iktidar bendensin, benden değilsin diye bir bölünme daha yaşattı millete. Oysa insanlar Allah önünde de, kanun önünde de eşit olmalı."

Sevda, Demokrat Parti öncesinde halkın şudur budur diye nasıl bölündüğünü hiç anlayamadı ama tanımadığı biriyle siyaset konuşmayı da doğru bulmadığı için, "Gevezeliği bırakalım da işimize bakalım. Bak, getirdim istediklerini, haydi hemen iş başı yap Lokman Hekim ki bu delikanlı da bir an önce iyileşip akşamı kendi evinde geçirsin," dedi.

"Onun evi yok ama yurdu varmış... Ne bakıyorsun öyle şaşkın şaşkın, yurtta kalıyormuş çocuk."

"Sen beni nedense aptal belledin, anladım elbette yurtta kaldığını!" dedi Sevda.

"O halde şimdi sıra geldi delikanlının sırtını iyice kremleyip sıkıca sarmaya," dedi Selçuk.

"Sen Yusuf'u mumyalarken ben de hepimize bir çay koyayım."

"Çay da olur ama bir sade kahve beni daha mutlu eder," dedi Selçuk.

Sevda mutfağa yürüdü, cezveye kahve ve su koyup ocağa sürdü, kahvenin köpürmesini beklerken kahve fincanlarını çıkarmak için salondaki büfeye koştu. Mutfağa döndüğünde kahve taşmış, ocağa yayılmıştı. Küfretmemek için zor tuttu kendini. Neden hazır demlenmiş çayı içmek varken kahve isterdi ki Selçuk! Ocağı temizleyip ikinci kahveyi sürdü ocağa. Bu kez cezvenin başında beklerken az önceki halinden utandı. Niye bu kadar asabiydi ki? Kuzeni dünden beri ona yardımcı olmak için elinden geleni yapıyordu. Sedat da işini kolaylaştırmak için bugün yerine yarın geliyordu. Yarın sabaha kadar nasılsa toparlanır, çeker giderdi Yusuf. Bu asabiyetinin nedeni acaba dün gece otel odasında aradığında ulaşamadığı kocasının... Ama söylemişti ya Sedat niye otele geç döndüğünü!

Kabaran kahveyi fincana döktü, fincanı ve bir bardak suyu tepsiye koyup, Yusuf'un yattığı odaya geçti. Yusuf üstü çıplak, yatakta bacaklarını yere sarkıtarak oturmuştu, Selçuk da koltuğa kurulmuştu. Sevda'yı görünce, "Fizan'dan mı geldi kahve?" diye sordu. Sevda, "Zıkkım iç," dedi içinden.

"Ne dediğini duydum ben," dedi Selçuk.

"İyi! Afiyet olsun o zaman. Bu çocuk üşümesin böyle..."

"Canım aniden kahve çekmeseydi, merhemle yağlama operasyonu başlamış olacaktı, o yüzden üstü çıplak," dedi Selçuk, "yoksa ressama poz vermiyor yani... Ha, bak aklıma ne geldi yahu, Yusuf sen Adonis gibi herifsin, Güzel Sanatlar'da ressamlara modellik yapsan hem iki kuruş para korsun cebine hem de kızlar etrafında pervane olur!"

Yusuf kıpkırmızı oldu ama Selçuk hiç oralı olmadan Sevda'nın konsolun üzerine koyduğu kahveden birkaç yudum içtikten sonra, "Oh! Eline sağlık, çok iyi geldi. Şimdi işimize bakalım, Yusuf arkadaş. Ayağa kalk, kollarını havaya kaldır!" diye emir buyurdu.

Yusuf'un ayağa kalkmasına yardım eden Selçuk, sargı bezini eline aldı, oğlan bir kolu yukarıda, diğeri yarım kalkmış, gerçek bir Adonis heykeli gibi kımıldamadan dururken telefon çalmaya başlayınca Sevda salona koştu.

Arayan Sevim'di, "Selçuk hâlâ sende mi?" diye soruyordu.

"Evet."

"Hastaneden aradılar, acil konsültasyona çağrılıyor. Söyle, hiçbir yere uğramadan hemen hastaneye gitsin."

"Çıkıyordu zaten, çağırayım mı?"

"Yok, vakit kaybetmesin. Arayanlara çoktan çıktı, birazdan hastanede olur, dedim, o yüzden hemen gitsin. Telefon çalınca ben de duştan çıktım da ıslağım, konuşamıyorum... Sonra uğrarım sana canım ama gelmeden önce ararım bir isteğin var mı diye. Kapıyorum şimdi."

"Yok, sakın gelme... Nezlem bulaşmasın sana..." diyecek oldu ama Sevim telefonu kapatmıştı.

Sevda odaya döndü, Selçuk'a karısının mesajını iletti.

"Dün akşamki hastanın durumu ağırlaşmış olmalı," dedi Selçuk, "Sevda, benim hemen çıkmam lazım, iş sana düştü! Al şu merhemi, ağrıyan bölgeye yedire yedire sür, gazlı bezi de merhemli bölgeye, ucunu kolunun altından geçirerek... Bak buraya... bak... şu şekilde sar." Kolunu kaldırmış, sargıyı nasıl saracağını gösteriyordu, "Sonra iki ucu tuttur."

"Neyle?"

"Şu yapışkan plasterle. Beceremezsen düğüm atarsın ama yarına kadar açma."

"Yarın yok! Yusuf bu akşam gidecek! Sargıya gelince... Ben artık elimden ne geliyorsa yapar, sonra da yollarım oğlanı. Bak Selçuk, dinle beni... Hey, nereye gidiyorsun... Dursana yahu... Selçuk, dur dedim..."

"Becerirsin sen... Ben kaçıyorum, kuzin. Konsültasyon biter bitmez ararım seni."

Çantasını toplayan Selçuk koşar adım kapıya yöneldi, peşinden koşan Sevda'ya, "Sen eczaneye gittiğinde uzun uzun konuştum ben oğlanla, ifadesini aldım; korkma, zararlı biri değil, solcu takılan takımdan işte... Yani kötülük gelmez Yusuf'tan, için rahat etsin," diyerek dışarı çıkıp kapıyı Sevda'nın yüzüne kapattı.

Sevda bir şeyler sormak için kapıyı hemen açtıysa da asansörü bile beklemeden ikişer üçer merdivenlerden aşağı koşan Selçuk'un peşinden, "Karını hastaneye varınca hemen ara! Sevda suçiçeği geçiyor de, verem şüphesi var veya kızamık olmuş, de... Ne dersen de bana uğramasına mâni ol!" diye seslendi, sonra içini çekip evine girdi, Yusuf'un yattığı lanetli odaya yürüdü.

Babasının hayattayken çalışma odası olarak kullandığı, annesi ağırlaştıktan sonra da bir divan ilave edip geceleri de yatmaya başladığı o kötü anılarla dolu odadaki yaralıya, Selçuk'un buyurduğu gibi hastabakıcılık yapmak içinden gelmiyordu ama bu durumu yaratan oydu. Asansördeki gencin şu anda evinde olmasında kendinden başka hiç kimseyi suçlayamazdı.

Yusuf yataktan inmiş, elinde merhem tüpüyle ayakta durmuş onu bekliyordu. İlk kez alıcı gözle baktı oğlana. Gerçekten Selçuk'un dediği kadar vardı; omuzları geniş, kolları adaleliydi, Sedat'ın pijamasının beli geniş geldiği için pantolonu kalçalarına düşmüş, kendi ince beli ortaya çıkmıştı. Çok uzun yıllar öncesinden, artık hatırası bile yabancılaşmış bir silüet, neredeyse on yıldır göbeği sarkmaya meyletmiş Sedat'ın otuz yıl önceki hali, şimşek hızıyla geçti gözlerinin önünden.

Yusuf'tan merhemi aldı, kapağını açtı, "Arkanı dön," buyurdu ve oğlanın sırtının ağrıyan kısmına, kremi tenine yedire yedire sürmeye başladı. Sırtı kimi morarmış, kimi de iyileşmeye yüz tuttuğu için sararmış darbe izleriyle doluydu ve herhalde bu yüzden Yusuf, Sevda'nın parmakları bazı noktalara dokunduğunda irkiliyor, hatta hafifçe inliyordu. Sevda ise çok uzun zamandır bu kadar gergin ve aynı zamanda yumuşak bir cilde dokunmadığı için şaşkındı. Delikanlının sırtı pürüzsüzdü, parmakları bebek cildine dokunur gibi ipeğin üzerinde kayıyordu sanki. Bebek...

İpek... Bir an için keskin bir acı yokladı yüreğini. Yok hayır, hayır!

Çok ama çok uzaktaydı o acı, unutmak için çok uğraşmıştı, var gücüyle savaşmıştı, "Her şerde bir hayır vardır" gibisinden atasözleriyle avunmaya çalışmış, kadere teslim olmayı başarmıştı ama kalbinin çok derininde uyuyan acı bazen hiç beklenmedik bir anda uyanır, canını yakardı böyle.

Merhemi konsola bıraktı, sargı bezini aldı eline ve Selçuk'un tarif ettiği şekilde, Yusuf'un etrafında dönerek, kürek kemiklerinin etrafına dolamaya başladı. Oğlan bir ara, "Nefes alamıyorum," dedi. Çok mu sıkı sarmıştı dalgınlıkla? Durdu, sargıyı gevşetip yeniden sardı. Yusuf hiç kımıldamadan hâlâ heykel gibi duruyordu.

Nihayet bitirdi işini, "Tamam mı?" diye sordu, "Rahat mısın?"

"Evet. Teşekkür ederim."

Sargı bezinin iki ucunu bir araya getirip göğsünün altında düğümledi ve giymesi için Yusuf'a kocasının pijamasının üstünü uzatıp zorlandığı kolunu pijama ceketine sokmasına yardım etti.

"Kimin pijaması?" diye sordu Yusuf.

"Kocamın."

"Giymem doğru olur mu?"

"Yukarı kalkamayan kolunla kazağını giyemeyeceğine göre Adem Baba gibi çıplak dolaşman mı doğru olur?"

Kızardı delikanlı.

"Yani üst tarafın çıplak, demek istedim..."

"Size çok zahmet verdim, abla. Allah senden razı olsun."

Sevda oğlanın 'siz-sen' kargaşasını duymazdan geldi. Ne derse desin, yeter ki öğleden sonra çekip gitsin, diye düşünüyordu.

Yusuf divana ilişti ve Sevda sargı bezini, makası, merhemi toparlarken "Kocanız burada sizinle kalmıyor mu?" diye sordu.

"Yurt dışındaydı. Yarın dönüyor. O gelmeden gitmelisin, Yusuf. Önce gel, mutfakta bir şeyler atıştır ki doktorun yazdığı ilaç mideni rahatsız etmesin, ilacı yuttuktan sonra sağlam tarafına yatar, biraz daha istirahat edersin, akşamüzeri dönersin kaldığın yurda... yere!"

Oğlan yanıt vermeyince çıktı odadan Sevda, önce banyoya uğradı, ellerini sabunladı, sonra mutfağa gidip bir sigara yaktı, çayı demledi, iki dilim ekmeği kızartma makinesinin içine bıraktı, çilek reçelini indirdi raftan. Mutfaktaki küçük masaya iki kişilik sofra kurdu, sonra Yusuf'un yattığı odaya kadar gidip kapı aralığından içeri baktı. Oğlan her zamanki gibi arkası dönük yatmıştı, yüzünü göremiyordu ama gece iyi uyuyamadığı için herhalde yine dalmıştı.

Mutfağa geri dönüp kurduğu sofraya tek başına oturdu, bir dilim reçelli ekmek yedi, çayını içti. Bir sigara daha tüttürdü. Sonra kirlettiği tabağı, çatal bıçağı ve çay bardağını yıkadı ve duşunu almak için banyoya girdi. Tam küvetin içine adımını atmıştı ki hemen geri çıktı, koştu banyo kapısını kilitledi. Çoğu kez yaptığı gibi duş alacağına, bu kez küveti suyla doldurdu, içine yattı, gözlerini yumdu ve yay gibi gerilmiş gövdesini rahatlatmaya çalıştı. Bir zor güne daha başlıyordu, nasıl başa çıkacağını bilemediği.

YUSUF

25 Mayıs, Öğleden Sonra

Yüksek ateşle yanan Yusuf, derin uykusundan gözlerini ilk açtığında, önce bol dökümlü tül perdeyi gördü. Şaşırdı çünkü kaldığı yurdun hiçbir penceresinde böyle bir perde yoktu. Gözleriyle etrafını taradı, tanımadığı bir odada, dizlerini göğsüne doğru çekmiş, pencereye dönük yatıyordu. Kımıldamaya çalışınca bir "ah" fırladı dudaklarından. Karakolda olmalıyım, diye düşündü, az polis dayağı yememişti, bilirdi bu sızıları. Ama karakollarda da böyle tül perdeler olmazdı ki! Gözlerini sımsıkı yumup yeniden açtı. Aynı pencere, aynı tül perde! Başını yukarı doğru çevirmeye çalışınca sevindi çünkü boynunu kolayca çevrilebiliyordu ama tavandan çıplak bir ampul değil de dört kollu bir bronz avize sarktığını görünce çok şaşırdı.

Yok, kesinlikle herhangi bir karakolda değildi! Nerede olduğunu anlayamadığı için paniğe kapıldı, acaba ölmüş, öte mekâna mı geçmişti? Tekrar yumdu gözlerini ve sakin ol, diye telkinde bulundu kendine. Bu odaya nasıl ve ne zaman geldiğini hatırlamaya çalışırken yeniden uyuyakaldı.

Burnunu gıdıklayan keskin nane kokusuyla ikinci uyanışında hatırlayabildikleri gerçek miydi, yoksa kâbus mu görmüştü, bilemedi.

Parça parça resimler geçiyordu gözlerinin önünden.

Öğrencilerin Taksim'den Harbiye'ye doğru kâh HÜKÜMET İSTİFA kâh OLUR MU BÖYLE OLUR MU/ KAHROLASI DİKTATÖRLER BU DÜNYA SİZE KALIR MI diye gırtlaklarını yırta yırta bağırarak yürümelerini ve kara kartallar gibi tepelerine inen polisten kaçışlarını hatırlıyordu... Yere düşüşünü, coplar kafasına inmesin diye kafasını kolları arasına saklayışını ve bu yüzden sırtına yediği tekmelerin, copların acısını... Nefes alırken boğulacak gibi olmasını... Elini yüzüne götürdüğünde parmaklarına bulaşan kanı... Can havliyle, sanki bir köpekmiş gibi dört ayak kaçışını da hatırlıyordu. Biri onu koltuk altlarından çekeleyerek ayağa mı kaldırmıştı, yoksa sırtına mı almıştı, işte onu tam hatırlayamıyordu. Gözünün önündeki resimler önce bulanıktı, sonra karardı her şey!

Kim bilir ne kadar uzun bir zaman sonra uyandığında, burnunda bu kez lavanta çiçeği kokusu vardı, bir kadın sanki çekeleyerek sürüklüyordu onu... ve... ne tuhaftır ki işte o kadın çok sıkıştığını nereden biliyorsa helaya itelemiş, kapıyı üzerine kapatmıştı.

A! Hela alafrangaydı. Kapağını kaldırmış, hiç bitmeyecek sandığı çişi nihayet bittiğinde sifonun zincirini aramış, bulamamıştı. Bir kulp vardı tuvaletin yanında, kulpu kurcalayınca foşşş diye su boşalmıştı helaya. Çifte rahatlık... hem kendi hem de içi rahatlamıştı tuvaleti pis bırakmayacağı için.

Tuvaletin kapağını indirip üzerine oturmuş, etrafı incelemeye başlamıştı. Bu kadar özenli, hatta lüks bir tuvaleti hayatında ilk kez görüyordu. Yüksekliğinin neredeyse dörtte üçü pembe fayansla kaplı duvarları incelemişti. Hani neredeyse bir Amerikan filminde gördüğü gibiydi sanki, banyo küvetinin bile bir perdesi vardı. Banyo perdesini kenara itip duşun musluğunu açmış, kaşını evine sığındığı kadının verdiği küçük havluyla kapatıp akan suyun altına kafasını uzatmıştı. Soğuk su çok iyi gelmişti fakat su giderek daha fazla ısınıyordu. Kafası cehennem ateşinde yanar gibi olunca hızla geri çekildi, ıslak zeminde ayağı kaydı, çamaşır sepeti ve içinden saçılan kirlilerle birlikte kendini sırtüstü, yerde buldu. Bu sefer de başını çarpmıştı yere. Bir süre yerde kımıldamadan yattı. Başı da acıyordu, sırtı da. Kalkmaya çabaladı. Tıpkı sırtüstü düşüp bir türlü dönemeyen böcekler gibi çaresizce kollarını, bacaklarını sallaması da fayda vermeyince kalakaldı taşın üzerinde. Böyle salkım saçak yatarken bağırıp yardım da isteyemezdi ki! Pembe duvarlı banyonun zemininde biriken sularla birlikte gider deliğinden akarak öte âleme göçmek istedi. Gerçekten çok istedi bunu. Annesi ve kardeşleri arkasından ağlayarak ağıtlar yaksınlar, babası dövünsündü. Resmini çerçeveletip duvardaki ölü aile büyüklerinin yanına assınlar, onu merhamet ve sevgiyle ansınlardı da... Niye ki?

Askerliğini yaparken elindeki bombayı kazara düşürüp patlatan ve şehit mertebesine yükselen amcaoğlu kadar olmayacağı gibi, ailesinin gurur duyacağı diplomayı almasına bile henüz yıllar vardı.

Kaldığı yurt kapanmıştı fakat veresiye çorba içtiği aşevine borcu henüz kapanmamıştı. Polis tarafından eylemci öğrenci olarak fişlenmişti. Sırtına yediği tekmelerin, copların acısı içine işlerken, cebinde evine gitmeye yetmeyen sekiz lira yetmiş beş kuruşla, ölmeyip ne yapacaktı?

Yattığı yerde nefesini tuttu... Tuttu... Tuttu, göğsü sıkıştı, başı döndü... Evet, ölüyordu. Ölürken de tuhaf bir rüya görüyordu; bir kadın sesi, hayrettir hayatta en çok annesini özlediği halde, annesinin değil, bir başka kadının sesi ısrarla onu çağırıyordu.

Vakti dolmamış olmalı ki tuttuğu nefesi salıp içine yeni bir nefes çekince o serin taşların üzerinden öte dünyaya gideceğine, Yusuf, belleğiyle birlikte dünyamıza hızlı bir dönüş yaptı!

Sımsıkı yumduğu gözlerini açtı, pembe fayanslarda gezdirdi. Nerede olduğunu biliyordu bu kez, asansörüne saklandığı kadının evindeki banyodaydı!

Aynı kadın kapının dışından seslenerek içeri gireceğini haber veriyordu.

"Çıplağım," diye bağırdı can havliyle.

Aralanan kapıdan büyükçe bir beyaz havlu içeri uçtu ve tam yanına düştü. Yusuf havluyu beline dolamaya çalışırken, kadın içeri girdi. Ayağa kalkabilmesi için elini uzattı Yusuf'a.

Yusuf kaburgalarının hasarlı olduğu taraftaki kolunu uzatamadığı için, eli havada kalan kadın, ona yardım etmek niyetiyle Yusuf'un üzerine eğildiğinde yine o lavanta kokusu... Koluna girmek için diz çöktüğünde ise kumral bir tutam uzun saç, başının arkasına topladığı atkuyruğundan ayrışıp yüzüne değince gıdıklandı Yusuf. Bir şeyler söylemek istedi ama sesi çıkmadı.

Annesine, halasına, kız kardeşlerine, köydeyken sevdalandığını düşündüğü Elmas'a, üniversitede peşinden koştuğu Meral'e, hatta Beyoğlu'nun malum sokağında ara sıra ziyaretine gittiği Morgül'e... Kısacası bugüne dek tanıdığı kadınlara hiç benzemeyen, yaşını tahmin edemediği... Genç dese değil, yaşlı dese hiç değil... Bu kadın kimdi? Kurtarıcısı mıydı? Onu Allah mı yollamıştı Yusuf'a, bir karakol köşesinde dayaktan ölmemesi için?

Öyle olmalıydı çünkü şu anda güvenli bir yerde olduğuna dair güçlü bir his vardı içinde; bunca gözaltı, dayak, kötek ve oradan buraya savrulmanın sonunda, nihayet ilk defa, kaçma dürtüsünü hissetmeden, bulunduğu noktada bir köşeye çöküp derin bir uykuya dalmak istiyordu sadece. Gözlerini sımsıkı yumduğunda ise uykuya dalacağına kendini hep çok dar bir mekânda, ana rahminde gibi, kollarıyla başını kollarken görüyor, ancak yüzüne götürdüğü eline kan bulaşınca dayak yediğini anlıyordu. Hatta cenin pozisyonunda öylece yatarken yukarı doğru yükseliyormuş hissine kapılıp öldüm ben, Mevla'ma kavuşmak üzere göğe çıkıyorum, diye düşündüğünü de hatırlıyordu.

İşte o an ile şimdinin arası çok bulanıktı... Sonra... Yavaş yavaş, öldüm, dediği ana kadar yaşadıkları, iç içe geçmiş binbir resim halinde gözlerinin önünde yer değiştirip durmaya başladı.

Derken kadın kayboldu ve bir adam belirdi yanında.

Koltuk atlarından yakalayıp: "Haydi delikanlı, gayret et de içeri gidelim, haydi ama... Bir-iki-üç!" Ayağa kaldırmayı başardı Yusuf'u. Canı çok yanıyordu ama asla belli etmeyecekti; coplanırken, tekme yerken nasıl dişini canına takıp acıyla haykırmadıysa yine öyle yapacaktı. Kaldı ki onu döven, ona küfreden de yoktu burada. Her şey bir rüyada gibiydi; renkler yumuşaktı, havlular yumuşaktı, ayağına dolanan banyo halısı yumuşaktı... Haydi delikanlı, diyordu o adam yine... Ha gayret! Adamın koluna asılarak çıktı bu sıcak, yumuşak, pembe mekândan ve o adam... o yüzü bulanık adam, onu âdeta kucaklayarak bir başka odaya taşıdığına göre demek ki ölmemişti!

Sonra yine çok derin bir uyku! Ölüm gibi.

Uyandığında Yusuf artık farkındaydı nerede olduğunun.

Gözlerinin önünde dans eden çeşitli resimler, doğru sıralanmıştı bu kez.

Keskin kokunun, sırtına sürülen merhemden geldiğini biliyordu şimdi.

Hafızasına *abla* olarak nakşettiği o kadın sürmüştü sırtına bu merhemi çünkü polis dayağından kaçmak için o kadının yaşadığı apartmanın asansörüne saklanmıştı. O kadının evinde sırtının acısı hafiflemiş olarak yatıyor olmalıydı da ne zamandır bu odadaydı, kaç gün yatmıştı bu yatakta, işte onu çıkaramıyor, henüz zamanı algılayamıyordu.

Doğrulmaya çalışınca yine canı yandı ama gayret gösterip yatağa oturmayı başardı ve bulunduğu odayı inceledi. Karşısındaki duvarda tavana kadar uzanan ve kitaplarla dolu bir kütüphane vardı, yattığı divanın yanında bir komodin, yan duvarda bir çalışma masası, bir de önünde pufuyla geniş, rahat bir koltuk. Odadaki renk uyumu hoşuna gitti, yeşil ile bejin tonları birbiri içinde eriyor gibiydi. İleride bir gün zengin olursa böyle bir çalışma odasına sahip olmayı hayal etti. Üzerinde kendine ait olmayan giysilerin bulunduğunu ise ancak ayağa kalkmaya yeltendiğinde gördü. Üstündeki pijama sırtına merhem sürüp sargı beziyle saran o kadının kocasına ait olmalıydı.

Ah aptal Yusuf, küfretmemek için zor tutuyordu kendini... Eliyle davetiye çıkarmıştı şu anda bilmediği bir evde kafası karışık halde yatıyor olmasına. Başlarda belaya bulaşmamak için eylemlerden uzak durmayı denemişti ama dışlanma korkusu öylesine işlemişti ki içine, üniversite arkadaşlarıyla yakınlık kurmak için aynı dersleri ve aynı yurdu paylaşanların katıldığı tüm eylemlere o da katılmıştı. Haklı bir amaçla bir araya gelenlerin yüreğinde güçlü bir isyan duygusu filiz veriyor olmalı ki 19 Mart günü Sultanahmet Meydanı'nda sırtına ilk copu yediğinde, dizlerinin üzerine düşüp tekmelendiğinde dahi aklı başına gelmemişti. Ama işte şimdi hiç tanımadığı bir kadının evinde, üzerinde hiç tanımadığı bir adamın pijamasıyla yatarken, ne halt ettin sen, diye soruyordu kendine.

İktidar, öğrencilerin üstündeki baskısını her gün biraz daha artırırken, CHP'ye üye olmaya karar veren arkadaşlarının partiye giriş belgelerini, Sultanahmet Meydanı'ndaki CHP İl Merkezi'ni ziyaret edecek olan İnönü'ye imzalatmaya gidenlerin arasına, üye dahi olmadığın halde, ne bok yemeğe karışırsın? Ne diye İnönü gelirken "Ya-ya-ya-şa-şa-şa İsmet Paşa çok yaşa!" diye bağıranlara katılırsın? İnönü balkona çıkıp sayısı bini aşkın öğrenciye, "Gençler sizin azminiz, sebatınız, idealist haliniz bana güç veriyor," diye seslenirken, sen konuşmaya dalıp arkanı kollamazsan, ellerinde göz yaşartıcı bombalarla meydana doluşan polisleri fark etmez ve hemen tabanları yağlamazsan, işte böyle tekmelenir, coplanırsın, acımazsızca dövülürsün, salak! Salak! SALAK!

Haydi dayaktan kaçamadın, bari gözaltına almalar başladığında kaç! Kaç ki, sokakta yediğin dayağı misliyle karakolda yeme! Daha da önemlisi, fişlenme!

Ama hepsi gelmişti başına! Dövülmüştü, karakola götürülmüştü, fişlenmişti.

Fişlenme sonrası daha da çok dövülmüştü. Neticede Yusuf'un manevi dünyasında olumlu ve olumsuz çalkantılar yaratan üç ayrı şey olmuştu:

Birincisi, götürüldüğü karakolda Toplantı ve Gösteri Yürüyüşleri Yasası'na aykırı davrandıkları için gözaltına alınan diğerlerinden, alt kimliğinden dolayı üç misli fazla dayak yediği için iktidardaki partiye önceleri sadece muhalifken, nefret duymaya da başlamasıydı. Alışık olmadığı, yabancı ve tuhaf bir duyguydu nefret.

İkincisi, sayıları bini bulan Ankara Üniversitesi öğrencilerinin de İstanbul'dakilerin eylemlerini örnek alarak tıpkı onlar gibi, Bir Nisan günü topluca CHP Genel Merkezi'ne gidip partiye üye olmalarıydı ki başkalarına örnek olabilmek ruhunu okşamış, yediği dayakların acısını unutturmuştu; bir sürü gençle birlikte dayanışma içinde olmaktan gurur duymuş, CHP'ye üye olmamasına rağmen, kendisini ilk kez önemli hissetmişti.

Bu da yine alışık olmadığı hoş bir duyguydu.

Üçüncüsü ise Yusuf'un artık dayak arsızına dönüşmüş olmasıydı. Haklı-haksız yediği tüm copların, tekmelerin, yumrukların sonucunda dayak korkusunu yitirmişti. Bu yüzden de haksızlığa karşı gelme adına, daha ne dayakları göze alarak her türlü öğrenci direnişine katılmaya hazırdı artık.

Haksızlığa karşı gelmek, zulüm karşısında dik durmak iyiydi de şimdi bu sığındığı evdeki insanların karşısında bütün hesapları şaşmıştı. Kimdiler, kimlerdendiler, siyasi görüşleri neydi... Hem bir bilinmezin içinde yaşıyordu hem de ona merhamet gösteren insanlara yalan söylediği için huzursuzdu. Kadına Taksim Meydanı'ndan tesadüfen geçiyordum, demişti, gözler yalan söyleyemediği için gözlerini kaçırarak. Direnişçi olduğunu öğrendiklerinde onu sokağa atarlarsa gidecek yeri yoktu çünkü. Üniversitesinde dersler kısmen durmuştu. Yurtları kapanmıştı. Onu İstanbul'dan hayli uzaktaki evine ulaştıracak miktarda para en salaş otobüse bindiği takdirde anca yeterdi, bu yüzden Morgül'ün çalıştığı eve de gidemezdi ki kıza beni gece evinde misafir edebilir misin, diye sorsun. Ödeme yapılmadan içeri girilmiyordu. Zaten kabul göreceği de kesin değildi, aynı yöreden geldiklerini öğrenince kızın teklifiyle sadece bir kere gitmişti, yine Beyoğlu'nun arka sokaklarından birindeki salaş eve. Kızdan değil de ortamdan rahatsız olmuştu, ev dağınıktı, oturdukları küçük mekânda sağa sola saçılmış giysiler, tepeleme izmarit dolmuş küllükler, yıkanmamış tabak çanaklar vardı, bir de kızın teyze diye hitap ettiği kalın sesli, yaşlı, sarışın bir kadın.

İçeri girerken verecek fazla parası olmadığı için acaba randevu evinin kapısında beklese, kız çıktığında beni sabaha kadar evinde barındırır mısın, diye sorsa?

Vazgeçti, kızın paydos saatini bilmiyordu, oralarda dolanırken polis tarafından toplanıp yine karakola götürülmek de vardı, ondaki bu şansla! Daha önceden direniş sabıkası olduğundan, bu sefer kesin içeri tıkılırdı. İçeri atılmak... Al sana alnından silemeyeceği bir damga daha!

Sonra bu geceyi de burada geçirebileceğini anlamış, rahatlamıştı ama yarın sabah yine gecesi olan yeni bir güne uyanmayacak mıydı ağrılar içindeki sırtı ve yarı kapanmış sağ gözüyle?

Yarın akşamı düşünmeyi yarına bırakmaya karar verdi.

Dedesi, sıkı bir uyku her derde devadır, derdi ama çözümü olmayan sorunlar kafanda dolanıp dururken gel de uyu!

SEVDA İLE YUSUF

26 Mayıs, Akşam Saatleri

Sevda öğleden sonra ısrarla ziyaretine gelmek isteyen Sevim'i başarıyla geri püskürttükten sonra kitabını eline alıp salondaki kanepeye uzanmış okurken bir ara içi geçti. Elindeki kitap kayıp yere düşünce gözlerini açtı, Yusuf, üstünde Sedat'ın pijamasının altı, omuzlarında babasının bornozuyla salonun kapısında dikiliyordu. Boş bulunup bir çığlık attı Sevda.

"Korkuttum mu seni, abla?"

"Uyuyorsun sanıyordum da... Neyse iyisin demek ki kendi kendine kalkabilmişsin."

"Dinlenmek iyi geldi."

"Bütün gün uyudun ama hiçbir şey yemedin. Sana da bir çay koyayım, bir şeyler atıştır... Çorba da var, içer misin? Sonra da... Evli evine, köylü köyüne, diyelim çünkü yarın kocam dönüyor..."

Cümlesini bitirirken çaldı kapının zili.

İkisi de bir anda koridora koşmak için hamle yapınca çarpıştılar, Yusuf'un omuzlarındaki bornoz kayıp yere düştü, kapıya fırlayan Sevda'nın ayağına takıldı, Sevda tökezleyerek birkaç adım attı ama düşmeden doğrulabildi. Dudaklarının ucuna gelen kahkahaları zorlukla bastırarak, Yusuf yerden bornozu toparlayıp odasına, Sevda da kapıya koştu. Kapının dürbününden baktıktan sonra parmak uçlarına basarak Yusuf'un yanına geldi, çok alçak sesle, "Kapını kilitle ve ben sana söyleyene kadar sakın açma. Tuvalete filan gitmeye kalkma, gürültü etme, hiç ses çıkarma!" dedi.

"Kim geldi, abla... Beyin olmasın da..."

"Misafir geldi. Sessiz ol, Yusuf. Ben kapıyı açmadan kapını kilitlemiş ol, e mi!"

Odasına koşup bir eşarp çekti çekmecesinden, eşarbı boynuna sararken yine parmak uçlarına basarak salona döndü, orada unuttuğu terliklerini ayaklarına geçirip, bu kez terlikleri şıkırdatarak koştu kapıya, açtı, eli kolu dolu bekleycn Sevim'i içeri buyur etti.

"Sen hasta olacaksın da ben sana yardıma gelmeyeceğim! Olacak şey değil! Zaten şurada, kapının önünde dikilirken hafakanlar bastı, vallahi içeride bayılıp kaldın zannettim, az daha kapıcıya iniyordum kapıyı açtırtmaya. Onda bir yedek anahtar vardır herhalde, değil mi canım? İyi misin sen?" diye sordu ve nihayet sustu Sevim.

"İyiyim, gördün işte, merak edilecek bir durum yok. Dün gece bir güzel terledim, ateşim düştü ama halsizlik ve öksürük üzerimde kaldı, Sevimciğim. Salonda uzanmış kitap okurken uyuyakalmışım. İyi ki uzun çaldın zili, duydum sonunda."

"Bileydim uyuduğunu, ısrarla çalmazdım... Sana portakal aradım ama bu mevsimde zor, malum... Ihlamur ve limon getirdim, e, doktor karısıyız, biliriz bunları. Ha, dün kek yapmıştım, ondan da koydum. Yersin çayın yanında."

Sevda fileyi ve kesekâğıdını aldı Sevim'in elinden, mutfağa yürüdü.

"Sen salona geç, canım, dağınıklığın kusuruna bakma... Kahve mi istersin, çay mı?"

"Mutfakta oturalım, daha sıcaktır mutfak."

Sevim ocağa yürüyen Sevda'nın önüne geçti, "Sen otur, yorma kendini. Ben kendime bir sade kahve, sana da ıhlamur kaynatacağım. Balın var mı?"

"Var, şu dolapta... Ben vereyim sana..."

"Otur Allah aşkına, hasta hasta dolaşma ayakta... Ben yabancı mıyım!"

Az sonra kahve ve ıhlamurlarıyla iki kadın, küçük mutfak masasında karşı karşıya oturmuş, dertleşiyorlardı.

"Kırk yıllık kocanı tanımıyor musun, onun çapkınlığı ağzında," diyordu Sevda, "niye ciddiye alıyorsun Allah aşkına, o senden hayatta kopamaz! E, sen de onsuz yapamıyorsun, kaç kere denediniz ayrılmayı... Olmadı."

"Benim özendiğim sizinki gibi bir evlilikti. Sevgi, sadakat, saygı, anlayış... Ben sizi bir kere olsun tartışırken görmedim ama sen bizi kaç kere saç saça baş başa gördün, söylesene."

"Her evlilik bir olmaz ki... Bizim de ne sorunlarımız var ama biz tartışmalarımızı evimizde yaparız..."

"Bizim tartışmalar eve dönmeyi bekleyemiyor çünkü Selçuk birkaç yudum içti mi... Biliyorsun işte, Sevda... Burama geldi."

"Sevim, senin kocanın çalışma hayatı benimle Sedat'ınki gibi değil ki, o Allah'ın günü elinde neşter, ölümle yaşamın arasında çok büyük bir stresle burun buruna yaşıyor. Bu halleri, inan bana seni üzmek için değil... Kendisiyle olan kavgasıyla ilgili."

"Stresini beni üzerek mi atıyor yani?"

"İnsanın nazı her zaman en yakınındakine geçiyor, Sevim."

"Benim nazım niye ona... Aaa, duydun mu? Bir şey mi düştü içeride?"

"Yo, ben duymadım... Ha, sen şu gürültüyü diyorsun... Yukarıdakiler taşınıyormuş da ben birkaç gündür alıştığım için..."

"Melahat Hanımlar taşınıyorlar mıymış? Nereye acaba?"

"Yeni bir semt var ya... Levent mi ne... Bahçelerin içinde küçük villa tipi evler. Biz burada kalacak olursak, Sedat'la düşünürüz valla..."

"Yok, hiç düşünme, sen büyük şehir kızısın, banliyölerde yaşayamazsın. Arkadaşların, alışverişin, sineman, tiyatroların yürüyüş mesafesinde olmalı. Levent uzak!"

"Otobüs varmış oraya."

"Sevda! Kandırma kendini."

"Emekli olduğumuzda çiçekleri, böcekleri, meyve ağaçlarıyla oyalanacağımız bir küçük bahçemiz olmasın mı?"

"Nereden çıktı emeklilik? Nereden baksan en az on yıl var. Zamanı gelince düşünürsün."

Ihlamurundan bir yudum daha alan Sevda, öksürmeye başlayınca ağzındaki ıhlamuru püskürtürken, eliyle Sevim'e uzaklaş işareti yaptı.

Nihayet öksürük nöbeti geçince, "Atlattım sanıyordum, yeniden başladı, Sevim, git güzelim, sana da bulaştırmayı hiç istemem çünkü senden de Selçuk'a geçerse ameliyatlara giriyor... Maazallah hastalarına bulaştırır..." dedi.

"Doktorlar maske takıyor," dese de rahatsız olmuştu Sevim.

"İkinci nöbet gelmeden kaç istersen, canım," dedi Sevda, "ballı ıhlamurun çok makbule geçti, yumuşattı boğazımı."

Ayaklandılar. Sevda misafirini eli ağzında kapıya götürürken bir iki kere daha öksürdü koridorda, kapının önünde vedalaşırlarken, "Selçuk'a öksürük nöbetimden söz etme, e mi canım," diye tembih etti, "şimdi telaşlanır, gelmeye kalkar."

"Onun bu akşam doktor arkadaşlarıyla malum gecelerinden biri var. Hiç bitmez ha, sınıf arkadaşları, dönem arkadaşları, bölüm başkanı olma kutlamaları... Her neyse, merak etme bu gece gelemez yani," dedi Sevim, kırık bir sesle.

Sevda, Sevim'i yolcu ettikten sonra Yusuf'un yattığı odanın kapısını tıklatıp içeri girdi ve yatağının üzerinde oturan Yusuf'a "Ne düşürdün?" diye sordu.

"Abla, çok özür dilerim, *Karamazov Kardeşler* düştü. Başucu konsolunun üzerindeydi, kolum çarptı. Nasıl idare ettin?"

"Ses yukarı kattaki komşudan geldi diye yalan atarak," dedi Sevda.

"Size çok zahmet verdim ben."

Sevda, "Evet, verdin," dememek için zor tuttu kendini.

"Misafir gelmeden önceki konumuza dönelim, Yusuf," dedi, "veda vakti geldi, artık gitmen lazım. Nerede kalıyorum demiştin?"

"Yurtta kalıyordum da... Kapandı yurtlar."

"Neden?"

"Sokaklardaki öğrenci direnişleri yurtlarda örgütlendi diye."

"Öyle mi oldu?"

"Eh, biraz. Yurtlar toplanmak için birbirine haber uçurdu."

Bir süre her ikisi de konuşmadı. Sevda, Yusuf'u incitmeden doğru kelimeleri seçmeye çalıştı:

"Dün gece kocamla telefonda konuşurken polisten kaçan öğrencilerden birinin bizim eve sığındığını, ta oralarda onu telaşlandırmak istemediğim için söyleyemedim. Sedat eve bir yabancıyı aldığımı öğrenirse bana çok kızar. Bu akşam kendine kalacak başka bir yer bulsan iyi olur."

"Kader işte... Ben de dün Taksim'de direnişe rast gelmeseydim evime dönecektim."

"Yani sen yürüyüşçülerin arasında değil miydin?"

"Hayır, o niyetle gitmemiştim ama gençlerin yürüdüklerini görünce katıldım aralarına. Tank üstümüze doğru gelince yanımdakiler küfretti..." Yusuf'un lafını kesti Sevda.

"Sen küfretmedin yani..." Sesi alaylıydı.

"Etmedim ama fark etmez, eden de yedi dayağı, etmeyen de."

"Yani boşuna mı dayak yedin?"

"Boşuna sayılmaz çünkü ben de karşıyım hükümete."

Yusuf'tan ses çıkmayınca, "Nereye gitmeyi düşünüyorsun Yusuf?" diye sordu Sevda.

"Ankara'ya otobüs bileti alacağım. Oradan Kayseri'ye aktarma yaparım."

"Kaçta kalkıyor otobüsün?"

"Öğrenemedim ki kargaşa çıkınca. Sizin evde telefon rehberi varsa bir bakayım, izin verirsen otobüs terminaline telefon eder öğrenirim, abla."

"Telefon olan her evde telefon rehberi de vardır. Senin yattığın odadaki kütüphanede, aşağı rafta duruyor. Telefon da salonda. Haydi, git öğren kaçtaymış otobüsün. Ben de sana bir şeyler hazırlayayım yemek için. Yolluk da veririm yanına."

Yusuf çıktı odadan, Sevda oğlanın kazağını havaya kalkamayan koluyla nasıl giyeceğini merak ederek mutfağa geçti. Kapıcıya ısmarladığı tavukla şehriye çorbası pişirmişti. Tencereyi ocağa oturtup altını açtı, akşam yemeği için biraz erkendi ama oğlan çorbasını içsin, evden karnı tok gitsin istiyordu. Hatta iki dilim de peynirli ekmek hazırlamıştı yanına vermek için.

Yusuf'un sesi geliyordu içeriden ama mutfaktaki transistörlü radyoda şarkılar çaldığı için anlayamıyordu ne konuştuğunu.

Nihayet mutfak kapısında belirdi Yusuf.

"Buldun mu numarayı, öğrendin mi otobüs saatlerini?" diye sordu Sevda.

"Numarayı buldum da... Abla... Şey... Sevda Abla, son otobüs on dakika önce kalkmış."

"Yanında kalabileceğin arkadaşların yok mu?"

"Arkadaşlarım var da yerlerini, evlerini bilemem ki, fakültede görüştük hep."

"Sedat yarın geliyor, Yusuf!"

"Beni evden göndermek istiyorsun abla, haklısın, beyin gelmeden gideceğim ama izin ver geceyi burada geçireyim, sabah güneş doğar doğmaz giderim. Gece sokaklarda dolananları yine karakola çekerler diye korkuyorum, orada fena dayak atıyorlar."

"Suçsuz insanı niye dövsünler?"

"Biz fişlendik ya bir kere... Adımız belli."

"Niye fişlendiniz?"

Bir şey söylemek ister gibi ağzını açtı, sonra sustu, kısa bir süre düşünüp yanıtladı Yusuf:

"Söyledim ya ablam, biz öğrenciler yurtlarımızda örgütlenip direndik ya, o yüzden. İzin verirsen geceyi geçirir, güneş doğar doğmaz çıkarım evinden, otobüs saatine kadar parkta idare ederim."

"Hay Allah! Otobüs paran var mı?"

Yusuf yanıtlamayınca bir kez daha sordu Sevda.

"Otobüse verecek paran var mı?"

Çok cılız bir sesle ağzının içinde bir şeyler mırıldanıyordu Yusuf.

"Cüzdanım pantolonumun cebindeydi, o hengâmede düştü herhalde, cebimde biraz bozuk para kalmış... Otobüste muavinlik yaparsam... Neyse, o iş kolay abla, orada sıkıntı yok da gece sokakta kalmak zor."

Niye bu çocuk gece dışarıda kalmaktan bu kadar korkuyor, diye düşündü Sevda, bazı yörelerde insanların geceleri cin çarpmasından korktuğunu duymuştu... Öyle olmasın sakın!

"Tamam Yusuf, madem yerin yok gidecek, bu geceyi de burada geçir, sabah Kapıcı Mehmet Efendi servise çıkmadan çok önce gitmen lazım. O, saat yedi buçukta elinde gazetesi, ekmeğiyle biter kapıda. Sen yediden önce gitmiş olmalısın! Sana otobüs paranı da vereceğim, yemen için yanına yolluk da. Hazırladım zaten sandviçlerini. Anlaştık mı, tamam mı?"

"Allah senden razı olsun, abla."

"Kolun daha iyi mi? Kazağını giyebilecek misin?"

"Denerim."

"Gömleğin de kanlanmıştı, her ikisini de sudan geçirdim balkona astım. Kurumadıysa ütüyle kuruturuz. Kazağını giymekte zorlanırsan da rahmetli babamın hırkasını giyersin. Hırka giymek daha kolay olur."

"Babanızın hırkası... Olur mu hiç!"

"Olur, olur! Babam hırkası birinin işine yaradı diye sevinir bile bizi görüyorsa. Hatta şimdi sana bir de erkek gömleği vereceğim, tek kolunu giy, diğerini idare et, sırtında öyle koca bornozla oturma."

"Allah senden de, doktor abiden de razı olsun, abla. Ben sana otobüs parasını da, hırkayı da şehre geri döner dönmez getiririm. Telefon numaranızı verirsen, gelmeden ararım ki... Şey olmasın."

"Ben hepsini helal edeceğim, geri getirmene hiç gerek yok."

"Ama annem bana yaptıklarınızı öğrendiğinde size ev yapımı turşusuyla salçasını göndermek ister..." Lafını kesti Sevda.

"Ama o zaman ben kocama bir açıklama yapmak zorunda kalırım, seni iki gece evimde sakladığım ortaya çıkar ve bu bir sorun olur aramızda. Anneciğinin turşusunu, salçasını getirmiş kadar oldun, Yusuf. En iyisi gece yatmadan önce vedalaşıp bir daha görüşmemek üzere ayrılmak."

"Sen nasıl istersen, abla," dedi Yusuf. Geldiği gibi sessizce çıktı mutfaktan.

Sevda yatak odasındaki dolabın kocasına ait çekmecesinde ekose bir gömlek buldu, götürüp Yusuf'un kapısının tokmağına astı, kapıyı tıklattı ama açmadan seslendi.

"Kapına bir gömlek astım. Onu giymeyi dene."

Tekrar mutfağa döndü.

İçinde bir sıkıntı vardı ve zaman geçsin diye illa bir şeyler yaparak oyalanmak istiyordu. Pilav yapmak için pirinç kavanozunu çıkarıp pirinç ısladı bir kâsede. Pilavı ocağa koyduktan sonra mutfak masasına çöküp bir sigara yaktı.

Huzursuzdu ayrıca, sanki ciğerlerine yeterli nefes gitmiyormuş gibi göğsü daralıyordu. Ne çok belirsizlik vardı hayatında, her şey yolunda giderken karı-koca birdenbire fena savrulmuşlardı. Aile içindeki hastalıklarla ölümlerin üstesinden geldiğini zannederken kocasının da bir milletvekili olduğu hükümette başlayan deprem o kadar çok insanı etkilemişti ki kimse önünü göremiyordu artık.

Şu içeride, evine dönmeye hazırlanan genç öğrencinin mesela tahsili yarım kalmıştı; mühendis mi, hukukçu mu her ne olacaksa artık olamayacaktı belki de. Sahi ya, hiç sormamıştı oğlana hangi fakülteye gittiğini. Demek ki geleceğin belirsizliği herkesi kendine dönük, duyarsız insanlara dönüştürüyordu.

Düşüncesine güldü Sevda, geleceğin kocaman bir soru işaretinden ibaret olması, kocasıyla onun dışında kimsenin umurunda değildi ki! Herkesin işi gücü vardı, seçim yapılır, bu parti gider, başka parti gelir, hayat devam ederdi. Nerede oturacakları, ne iş yapacakları ne kadar kazanacakları belli olmayan sadece o ve kocasıydı, iyi niyetli iki aptal!

Türkiye'ye kredi verecek kurumların, Türkiye'deki gidişattan dolayı her gün bir yeni şart dayattığı, iyi niyetli çalışkan aptal Sedat ile tanımadığı birine evinin kapılarını açmış iyi niyetli çalışkan aptal Sevda! Bu ikisi hep başkalarını düşünürdü, kendi planlarını ertelerler; annelerinin, babalarının, akrabalarının yardımına koşarlardı; yeğenlerine, kuzenlerine borç verirler, geri istemeye yüzleri tutmazdı. Selçuk, "acıma eşiği yüksek çift" diye isim takmış, dalga geçerdi onlarla. Haklıymış meğer, canlı kanıtı yan odadaydı.

Hayat bu geceyi de evinde geçirmesine izin verdiği, fena dövüldüğü her halinden belli olan Yusuf için de zor olmalı, diye düşündü Sevda. Fena halde dövülmek! Tanrım... Fena halde dövülenler beyin kanaması geçirmez mi?

Kim bilir kaç kere duymuştu Selçuk'tan, dayak yüzünden beyin travması geçirenleri.

Ya Yusuf hâlâ bu damın altındayken ölüverirse! Parmaklarıyla masanın tahtasına vurdu birkaç kez, "Allah korusun," dedi ve mutfak masasından kalkıp salona geçti. İki gündür peşini bırakmayan bu yıpratıcı endişeyle başa çıkmanın bir yolu vardı elbette. Yemek odasındaki büfenin alt rafında babasından kalma içki şişelerini karıştırdı. Likör, vermut, cin şişelerini ve dibinde birkaç parmak kalmış rakıyla hiç açılmamış votkayı görünce çekip aldı votka şişesini. Mutfağa döndü, Mehmet Efendi'nin getirdiği limonlardan birkaçını sıktı, kendine bol buzlu, bol limonlu, votkalı bir içki yaptı. Buzdolabından beyaz ve kaşar peynirlerini, tel dolaptan zeytin kavanozunu çıkardı, bir iki dilim de ekmeği kızartma makinesine attı, düğmesine basmadan önce Yusuf'a da bir tepsi hazırladı. Bir tabağa, pişirdiği pilavı ve üzerine haşladığı tavuktan parçalar koydu, bir kâseye de içine bol limon sıktığı tavuk suyuyla yaptığı çorbayı doldurdu, hepsini bir tepsiye dizip Yusuf'un odasına götürdü. Çocuk, kapıya astığı gömleği almıştı, kapısı kapalıydı.

"Yusuf, sana yemek getirdim, kapıyı açsana, benim ellerim dolu," diye seslendi.

Üzerinde kapısına astığı gömlekle açtı kapıyı Yusuf.

"A, giyebilmişsin, ne iyi!" dedi Sevda.

"Zor oldu ama giydim. Önce acıyan kolumu soktum... Niye zahmet ettin, abla! Ben gelirdim mutfağa."

"Sen bugün de istirahat et, Yusuf. Yarın nasıl olsa yollardasın."

Elindeki tepsiyi komodine bıraktı, "Afiyet olsun," diyerek çıktı odadan, mutfağa döndü.

Buzdolabından çıkardığı buzları bir kâseye koydu ve içki bardağına iki parça buz attı, kızarmış ekmek için ekmek kızartma makinesinin düğmesine bastı ve kendisi için hazırladığı sofraya oturdu.

Limonlu votkasından bir yudum içti.

İçki boğazını yakarak indi boş midesine. Bir yudum daha aldı. Mutfaktaki transistörlü radyoda batı müziği çalmaya başlamıştı. Votka eşliğinde kimi bildiği kimi ilk kez duyduğu şarkıları dinlerken gevşedi. Şimdi sorunlarını dikenli teller olarak değil, çözüme müsait minik sorunlar olarak görüyordu.

İstanbul'a annesinin hastalığı için gelmesinden de önce, siyasi ortamdan kaynaklanan huzursuzluğun evlerinde münakaşalara dönüşmesi, Sedat'la iki yabancı gibi yaşamaya başlamaları; daha sonra onun annesi için İstanbul'a taşınması, arada babasının ani ölümü, derken hastane faslı! O sevimsiz süreçte karı-koca ağır yükleri sırtlayan bir çift hamala dönüşmeleri, sadece yakınmaları, konuştuklarında ancak sorunlarını ve acıları yarıştırmaları, karısına destek olmak için hafta sonlarını İstanbul'da geçiren Sedat'ın bu ziyaretlerinin giderek seyrekleşmesi, neredeyse iki yabancı gibi olmaya başlamaları yavaş yavaş süzülen bir yelkenli gibi uzaklaştı... Uzaklaştı... Hatta kayboldu, radyoda "Kiss of Fire" çalmaya başlamıştı.

Sevda "Kiss of Fire"ı duyunca irkildi.

Sedat'ın yurt dışına çıkmasından önce bu evde baş başa geçirdikleri son gecelerin birinde, çok ama çok uzun bir zaman sonra onları yine iki sevgiliye dönüştüren, insanı baştan çıkaran, kanını kaynatan, içini titreten o büyülü şarkı! "Kiss of Fire"!

Salondaydılar ve o şarkı İstanbul Radyosu'nun özel müzik saatinde, salondaki devasa Grundig marka radyodan yayılıyordu odaya.

"Benimle dans eder misiniz, hanımefendi?" diye sormuştu oturduğu koltuğun önünde eğilen Sedat.

"Dans etmeyeli çok oldu, ayağınıza basarsam affola," demişti Sevda.

*Ayağın sakınarak basma aman sultânım, dökülen mey, kırılan şîşe-i rindan olsun!*** diyen kocasına sımsıkı sarılmıştı, dönmeye başlamışlardı şarkının iyi bildikleri sözlerini birlikte söyleyerek. Öpüşmüşlerdi. Şarkı sürerken, müziğe uygun adımlarla, karısını salondan yatak odasına yönlendirmişti Sedat.

Geçmiş günlerin sıkıntısı bir anda silinip gitmişti, bir anda yine üniversite sıralarının birbirine âşık genç çifti gibi öpüşüp koklaşmışlar, sevişmişlerdi. Birliktelikleri o kadar değerliydi ki üstesinden gelemeyecekleri sıkıntı yoktu... İkisi de farkındaydı bunun. Ertesi sabah ayrılırlarken birbirlerinden zor kopmuşlardı.

Votkasından kocaman bir yudum daha içti, gözpınarlarında yaşlar titreşerek eşlik etmeye başladı şarkıya.

I touch your lips and all at once the sparks go flying
Those devil lips that know so well the art of lying

** Şair Nedim'in beyitlerinden.

And though I see the danger, still the flame goes higher
I know I must surrender to your kiss of fire
Just like a torch you set the soul within me burning
I must go on I am on this road of no returning
And though it burns me and it turns me into ashes
My whole world crashes without your kiss of fire.

"Çok hüzünlendin abla, ne anlatıyor bu şarkı?"

Yusuf'un sesini duyunca irkildi ama renk vermedi Sevda. Yusuf elindeki tepsiyi mutfak tezgâhına bıraktı, yemeklerin hepsini silip süpürmüştü.

"Şarkıyı söyleyen kişi sevgilisini dudaklarından her öptüğünde nasıl yanıp tutuşarak küle döndüğünü anlatıyor. Öpücüğün ateşi ruhunu bir meşale gibi yakıyormuş ama onsuz da olamadığı için vazgeçemiyormuş bu yangından."

"Vay be!" diyen Yusuf hemen toparlandı. "Yani... İyi şarkıymış, ne mutlu âşık olanlara!"

"Gel, otur Yusuf, radyoda çok güzel bir program var. Eski ve yeni şarkıları çalıyor."

Karşısındaki sandalyeyi işaret etti Sevda.

"Sizi rahatsız etmezsem..."

"Otur, otur!"

Yusuf çekinerek oturdu.

"İçki içer misin sen?"

Kızardı oğlan. "Yani... Şey... Ara sıra, evet... Arkadaşlarla."

"Ne içersiniz arkadaşlarınla?"

"Bira. Bir de düğün, nişan filan oldu muydu köyde, bizim büyükler ev yapımı şarap da içer."

"Ev yapımı?"

"Bizim bağlarda güzel üzüm yetişir, şarap yaparız bazen evlerde. Büyükler içer."

"Sen hiç içmez misin?"

"Gençler askere gitmeden önce büyüklerin önünde içmez."

"Kadınlar içer mi?"

"Hayır."

"Nereden biliyorsun kadınların içmediğini? Kendi aralarındayken içiyorlardır belki düğün dernek, kınalarda filan."

"Bizde ayrı gayrı olmaz ki her zaman bir arada oturulur da ondan biliyorum."

"Biz dediğin, sizin aile mi?"

Yusuf, Sevda'yı nedense yanıtlamadan kalktı iskemlesinden.

"Abla, ben sizi rahatsız ettim, şarkılarını çalıyor, kafa dinliyordun ne güzel. Sabah erken kalkacağım ya odama dönüp uyumaya çalışayım ben. Çalar saatiniz var mı, diye sormak için gelmiştim zaten," dedi.

Hâlâ ona hitap ederken sen ve siz arasında kararsız kalan ve "kafa çekiyordun" yerine "kafanı dinliyordun" diyecek incelikteki Yusuf'a sempatiyle baktı Sevda.

"Rahatsız etmedin, hatta bana eşlik edeydin memnun olurdum ama uykunu da almalısın elbette. Sabah kaça kurayım saati, altı buçuk iyi mi?"

"İyi. Hava da aydınlanmış olur."

"Tamam, yatmadan önce saati kurar, veririm sana."

"Ben sizi uyandırmadan sessizce çıkarım," dedi Yusuf, "şimdiden çok teşekkür edeyim o halde. Bu iyiliğinizi hiç unutmayacağım. Doktor abiye de selamımı söyleyin, olur mu?"

"Söylerim. Odana bıraktığım giysilerin hepsini alabilirsin. Mutfağa da yolluk bırakacağım, almadan gitme. Erken uyandımsa vedalaşırız sabah. Görüşemedikse Allah yolunu açık etsin, Yusuf."

"Sağ ol, ablam."

Sevda birden böyle söylediğine pişman oldu, herkese güvenen bir aptal olduğunu söyleyen kendisi değil miydi? Neyin nesi kimin fesi olduğunu bilmediği bu genç adam giderken ya evden bir şeyler alır götürürse... Saati kendi odamda çaldırır, onu bizzat yolcu ederim, diye geçirdi içinden ve bu düşüncesinden anında utandı. Ne götürebilirdi ki kaburgası çatlamış zavallı çocuk, masayla sandalyeleri, duvardaki resimleri götüremeyeceğine göre, sehpaların üzerindeki küllükleri ve annesinin biblolarını mı... Kaldığı yurttaki odasını süslemek için!

Oğlan mutfaktan çıkmak üzereyken şeytan mı dürttü, yoksa yalnızlık mı yettiyse artık, "Sen de sağ ol da... Bir yudum da sen içseydin ya benimle," dedi Sevda.

"Ben hiç votka içmedim de..."

"Rakı içtin mi?"

"Rakı içtim, evet."

"Vurdu mu?"

"Yok, bol suyla içmiştim."

"Az rakı var evde, ne dersin?"

Yusuf duraladı, ona evini açmış efkârlı kadının madem dertleşmeye ihtiyacı vardı, teklifini kabul etmemek olmazdı.

"Tamam ablam, birlikte bir kadeh içelim, derim."

"Rakı şişesi yemek odasındaki büfenin içinde. Kap gel."

"Emrin olur, ablam."

Sevda giderek ısındığı Yusuf'un fırlayıp yemek odasına koşuşunu sevecen gözlerle izledi.

Oğlanın gitmesiyle dönmesi bir oldu; dibinde iki, üç parmak rakı kalmış şişeyi bıraktı masaya. Sevda yerinden kalkmadan uzandı, arkasındaki raftan bir limonata bardağı çekti, içine şişede kalan rakıyı döktü, üstünü masada duran sürahideki suyla doldurdu.

"Buzdolabından buz çıkarmak da yine sana düştü, misafir. Şu çanağı al da içine buz koy, ben epeydir içmemiştim, vurdu bana votka, mayıştım, buz kovasını arayamam şimdi."

"Endişeniz vardı da ondan vurdu içki... Evinde yabancı birini saklamak kolay mı? Gelen olur, giden olur telaşı bir tarafa, ben hırlı mıyım, hırsız mıyım, bilemezsiniz. Değilim elbette, o başka," diyerek buzluktan çıkardığı buzları çanağa doldurdu. Bir buz parçasını da kendi bardağına koydu, neredeyse taşıyordu bardak.

"Merhametli ev sahibiyle anlayışlı misafire," diyen Sevda votka, Yusuf da rakı kadehini kaldırdı birbirlerine.

"Şunlardan atıştır ki rakı seni çarpmasın," dedi Sevda, masanın üzerindeki peyniri, zeytini Yusuf'un önüne iterken.

"Ben tokum, sizin yaptığınız yemekleri yedim ya... Ellerinize sağlık."

Radyoda Batı müziği bitmiş, alaturka şarkılar çalmaya başlamıştı.

Zeki Müren'in sesini duyunca ikisi de kulak kesildi.

Bir dâme düşürdü ki beni baht-ı siyahım
Vallahi bu sevdada yoktur günahım
Etmez ise inayet bana ol çehresi mahım
Mutlak onu da mahvedecek ateş-i ahım.

Şarkıya mırıldanarak eşlik eden Sevda'ya, "Annem çok sever Zeki Müren'i," dedi Yusuf.

"Ben sesine olduğu kadar kelimeleri doğru vurgularla telaffuz etmesine de hayranım."

"Bu şarkıdaki sözlerin hepsini anlıyor musun, abla?"

Sevda güldü, "Benim kuşağım bile eski şarkıların sözlerini zor anlar da ben anlıyorum çünkü dedemin evinde fasıl yapılırdı, eski şarkıları hem çalar hem söylerlerdi. İlkokula gidiyordum, aynı senin gibi sormuştum ben de. Dedem her anlamadığım sözcüğün Türkçesini öğretmişti bana."

"Nece ki bu şarkıların sözleri?"

"Osmanlıca. Kimi Farsçadan kimi Arapçadan dilimize karışmış kelimeler."

Yusuf'un boş boş baktığını görünce, "Siz Divan Edebiyatı okumadınız mı?" diye sordu.

"Okumadık."

"Benim dönemimde liseler dört yıldı, Divan Edebiyatı da okurduk, Felsefe ve Mantık da."

"O dersleri üniversiteye bırakıyorlar artık meraklıları için."

"İşte o yüzden de eski alaturka şarkılar çalarken bir de sözlük gerekiyor."

Şarkı bitmek üzereydi.

"Bu çalan tutkulu bir aşk şarkısı sanki, öyle değil mi?" diye sordu Yusuf.

"Artık tutkulu aşk mı, yakınma mı, sen karar ver. Öyle bir hale düşürdü ki beni kara bahtım, o ay yüzlüm bana inayet etmezse, yani anlayış göstermez ise sevdamın ateşi onu da mahvedecek, diyor. Gel gör ki bu sevdada onun hiç günahı yokmuş! Kısacası Yusuf, kabahat samur kürk olsa onu giymek isteyecek kimse bulunmazmış; bu da rahmetli babamın sözüdür."

"Belki söyleyenin o aşkta günahı yoktu gerçekten."

"Tek taraflı aşka, aşk denmez ki."

"Ne denir?"

"Zaman kaybı. Eğer çok uzadıysa da çile."

"Çok acımasız olmadı mı?"

"Sen mutlu aşk ezgisi duydun mu hiç? Âşıklar sevdalarına kavuşabilselerdi bambaşka bir şarkı türü gelişirdi herhalde."

"O yüzden mi bizim halk ozanlarımız hep ulaşamadıkları sevdaları dillendirdiler?"

"Elbette çünkü bizim kültürde kadın-erkek ilişkisine hoş gözle bakılmaz. Oysa aşk dediğin şey hasret kadar tutku da ister. Gel gör ki tutku için de iki kişi lazım."

"Tutkusuz aşk olmuyor mu yani sizce?"

"Tıpkı tuzsuz yemek gibi... Tutku yoksa ona aşk denmez."

"Ne denir?"

"Sevgi, dostluk, bağlılık, alışkanlık... Ha bir de, seviyeli birliktelik."

"Üniversite bitirmişlerin, doktora yapmışların birlikteliği mi oluyor bu?"

Gülmeye başladılar.

Bardaklarındaki içkiler bitmişti. Sevda, Yusuf'un bardağına rakı koydu, kendininkini votka limonla doldurdu.

"Buz kalmadı, bu son kadehi de buzsuz içelim, ne dersin?" diye sordu.

Bardağını kaldırdı Yusuf, içkilerini tokuştururlarken parmakları bir an değdi birbirine. Yusuf kızardı.

"E, anlat bakalım Yusuf, senin aşk dünyanda neler olup bitiyor? Seni de kül eden bir kız yok mu hayatında?" diye sordu Sevda.

"Yok."
"Bir seviyeli birliktelik bile mi yok?"
"Seviyelisi için üniversiteyi bitireyim de hele..."
Sevda içinden, meğer mizah duygusu da varmış, diye geçirdi ve yersiz bir merakla yineledi.
"Sahiden, hiç kız arkadaşın olmadı mı?"
"Şey... Sevgilim yok, abla... Var da... Yok be abla."
"Hem var hem yok. Peri kızına mı âşık oldun sen?"
"Benim ilk sevdalandığım kız, ortaokulda aynı sınıftaydık, çocuktuk, on üç, on dört yaşında filandık. Kız liseye geçtiği yıl, başka yere göçtüler, bir daha görüşemedik. Ben salya sümük ağlamıştım gizlice. Şimdi yolda görsem tanımam herhalde."
"Üniversitede kız arkadaşın yok mu?"
"Var biri ama sevgili sayılmayız. Grup içinde görüşüyoruz hep."
"Beğeniyorsan belli et kıza."
"Belli ettim de... Zor, abla ya. Baş başa kalmak için kızı alıp gezmeye götüreceksin... Zor işte! Elimiz ekmek tutunca ancak!"
"Parklar ne güne duruyor; parklarda, sahillerde dolaşın."
"Kasım sonunda havalar bozunca da ilişkiye kış molası mı verelim?"
Sevda ne kadar düşüncesizce konuştuğunu fark etti ama Yusuf incinmemişti.
"Ya siz, âşık oldunuz mu hiç?" diye soruyordu.
"Ben de aşk konusunda çok tecrübeli sayılmam. Evlenene kadar birkaç flörtüm oldu ama aşkı bir kişiyle yaşadım, onunla da evlendim."
"Ne güzel! Ben de öyle olsun isterim kendi hesabıma."

"Yolumuzun bir daha kesişeceğini sanmadığım için ben sana şu anda ömrünü birlikte geçireceğin aşkı bulmanı diliyorum. Tüm kalbimle."

"Yolumuz kesişmese de adlarımız bir şarkıda kesişti, Sevda Abla," dedi Yusuf.

"Nasıl?"

"Şu Zeki Müren'in şarkısında hem Sevda hem Ateş vardı."

"Senin adın 'Ateş' değil ki!"

"Soyadım Ateş."

Sevda irkildi, Yusuf'un soyadını sormak ne onun ne de Selçuk'un aklına gelmişti. Sanki evine bir insan değil de yaralı bir kedi sığınmış gibi... Çatısının altında ikinci gününü tamamlamakta olan bu gence dair bildiği tek şey, adının Yusuf, gözlerinin siyah olmasıydı. Uzun kirpikli, derin bakışlı gözleri ve beyaz muntazam dişlerini gösteren mahcup gülümsemesiyle, sol kaşının üzerindeki bandaja ve morarmış gözaltına rağmen, tuhaf bir şekilde yakışıklıydı.

Şarkı değişmişti, şimdi de Müzeyyen Senar okuyordu muhteşem sesiyle.

Kimseye etmem şikâyet ağlarım ben halime,
Titrerim mücrim gibi baktıkça istikbalime.

"Ben kolay kolay ağlamam ama bu şarkı da bana çok uyuyor," dedi Yusuf.

"A, neden?"

"Çünkü ben de istikbalime baktıkça korkuyorum. Belirsizlik içindeyim. Önümü göremiyorum, mutsuzum, umutsuzum."

"Enseyi karartmanın âlemi yok Yusuf, bak kocamla ben de önümüzü göremiyoruz ama umutsuz değiliz. Hep olumlu bak ki iyi şeyler olsun. Hayatta küçük mutluluklar da var."

"Vallahi haklısın abla, bak mesela bana çok iyi geldi şu rakı, sırtımın ağrısını aldı sanki. Bizde ağrıyan dişe ve sızlayan başa da zaten rakı sürerler."

"Nasıl yani?"

"Ufacık bir pamuk parçasını rakıya batırırlar, pamuğu ağrıyan dişinle ısırırsan ağrısını alır. Baş ağrısı için de yine rakıyı pamuğa döker, bir çatkıyla başa bağlarlar."

"Ağrı geçer mi?"

"Ben denemedim ama geçermiş. Çiğ patates, hatta sarımsak da doğal ilaçtır köylerde."

"Nereliyim demiştin sen?"

"Ben Avanos'ta büyüdüm ama ailem Tunceli'den gelmiş."

"Evet, söylemişti Selçuk."

"Siz kardeş misiniz?"

"Kardeş çocuklarıyız ama kardeş gibi aynı evde büyüdük yıllarca. Babası doktora yapmak için bir yıllığına yurt dışına gittiğinde annesini de götürmüştü, Selçuk bizimle kaldı. Ama tatillerde hep geldiler oğullarını görmeye."

"Niye oğullarını yanlarına almadılar, abla?"

"Selçuk ilkokulu bitirecekti o yıl sonu. Annesiyle babası beş yıllık eğitimin diploması yanmasın istediler. Selçuk da öğretmenleriyle arkadaşlarından ayrılmak istememişti zaten."

"Hiç üzülmedi mi onu yanlarına almadıkları için?"

"Tam tersine, Selçuk da ben de çok sevinmiştik bizde kaldı diye. Kısmet işte, ilkokuldan sonra o da benim okulumu kazandı, yine birlikte gidip geldik okula yıllarca. Üniversitede ayrıldık haliyle ama sık görüşürüz hâlâ, aramız iyidir gördüğün gibi."

Sevda, Yusuf'un bardağına şişede kalan rakıyı boşalttı, kendine bir parmak daha votka koydu, yeniden kadeh tokuşturdular.

"Ne okuyordun sen?"

"Ailem avukat olmamı istedi, önce hukuka başladım Ankara'da. Ben illa mühendis olmak istiyordum, notlarım da tutuyordu... Sonunda fakülte değiştirdim. Şimdi inşaat fakültesindeyim ama bayağı bir mücadele verdim yani."

"Allah Allah! Neden istemediler mühendis olmanı?"

"Bizim oralarda avukata işimiz çok düşer... Ayrıca mühendis olmamı annem uzağa giderim diye istemedi. Biraz rahatsız da gönlünü kırmayayım demiştim ama dayım arka çıktı bana."

"Anne kalbi işte... Avukat olsaydın, kasabada kalsaydın, mutlu huzurlu bir hayatın olurdu. Mühendisliği seçmişsin, dağ tepe dolaş dur!"

"Bizler öyle huzur içinde yüzen insanlar zaten değiliz de ben avukat olaydım, Ankara'da çalışırdım herhalde."

"Politikaya mı girerdin?"

Bu arada Sevda tekrar boşalan bardaklarına rakı bittiği için votka ve limon suyu koydu, birer parça buz attı.

"Votka koydunuz ama bana..."

"Rakı bitti, Adonis! Üşendim bardağını değiştirmeye ama zaten artık ne içtiğimiz ikimize de fark etmez," dedi Sevda, "bir de votkayı dene bakalım, beğenmezsen içmezsin. Nerede kalmıştık... Politikacı mı olacaktın Ankara'da? Hayalleri neydi annenin, başbakan olman mı?"

Bu sorunun yanıtını kendi kocası Ankara'da politikacı olmaya itildiği için özellikle öğrenmek istiyordu. Taşradan üniversite okumaya gelen gencin gerçekleşememiş hayalini, dünyaya açılmaya müsait yeğenine yamamıştı, sırf içinde kalan kendi özentisi için Refik Bey Amca!

Ah Refik Amca, ah!

Votkasından bir yudum aldı, yutkundu, yüzünü buruşturdu Yusuf. Sevda beğenmediğini anlamasın diye küçük bir yudum daha aldı.

"Yok ablam, ne politikası... Bizi sokmazlardı zaten meclise."

"Nedenmiş o? Bu ülkede iyi kötü bir demokrasi var, yani hepimiz eşitiz."

"Biz değiliz."

"Neden?"

"Öyle işte!"

"Gel o halde, göğüs gerdiğin haksızlıklara içelim."

İçtiler. Bu defa ağzına aldığı yudum o kadar kötü gelmedi Yusuf'a, hatta bir yudum daha içti.

"Peynirden de al Yusuf, aç karnına fena çarpar votka," dedi Sevda, "ve şimdi de benim acılarımın şerefine içelim."

"Sizin ne acınız olabilir ki?" dedi Yusuf.

"Asıl senin ne acın olabilir ki bu yaşta, parasızlıktan başka? Gençsin, üniversiteye başlamışsın, bitirdiğinde bir mesleğin ve dolayısıyla işin de olacak. Hayat önünde tüm güzellikleriyle uzanırken sen hep korkular içindesin. Seni fişliyorlar, sana bir misli fazla dayak atıyorlar, siyasete girecek olsan meclise sokmuyorlar... Allah aşkına, bu yaşta niye bu karamsarlık Yusuf, neden?"

"Çünkü ben Aleviyim."

Sevda önce rakı, sonra da aynı bardakta ilk kez votka içen Yusuf'un dilinin sürçtüğünü zannetti, "Ateşliyim," demek isterken "Alevliyim," demişti herhalde.

"Ateşli değilsin! Ateşin düştü! Sırt ağrın da yakında geçecek, dolayısıyla bu kadar karamsar olmana gerek yok."

"Ateşliyim, demedim. Aleviyim, dedim!"

"O da ne?"

"Hazreti Ali'nin yolundan gidenler demek. Biz..."

Söyleyecekleri henüz bitmemişti ama lafını kesti Sevda, "Oğlum, Hazreti Ali vefat edeli kaç yüz sene geçti, biliyor musun?"

"Bilmez olur muyum ama öğretileri ve müritleri hâlâ yaşıyor."

"Sen Müslüman değil misin? Peygamberin Hazreti Muhammed değil mi... Tövbe tövbe... Şimdi içkili ağzımla peygamberin adını andırıyorsun bana!"

"Elbette Müslümanım, peygamberim de Hazreti Muhammed'dir ama biz onun ölümünden sonra Hazreti Ali'nin halife olması gerektiğine inanırız."

"Olan olmuş, karar verilmiş. Tarihi geri döndüremezsin ki, ilahi çocuk!"

"Döndüremeyiz ama tercihimizi de değiştirmeyiz."

"Bu inat niye?"

"Çünkü Hazreti Ali, Muhammed Peygamber'in soyundan iner, kızı Fatma Anamızın da eşidir, üstelik Veda Haccı'nda Muhammed Peygamber'in binlerce kişinin önünde benden sonraki imamınız Ali olsun, dediğini biliyoruz."

"Ya! Hiç duymamıştım ama biliyor musun Yusuf, Müslümanların halifelerini, krallarla sultanların yaptığı gibi illa oğlum tahta geçecek diye dayatmak yerine seçimle saptamalarını ben çok demokratik bulmuştum. Sonradan geldikleri durum başka elbette... Neyse, bu konu benim ihtisas alanım değil. Sünnilerden farkınız nedir, aydınlat beni."

"Abla, Alevilikte her şey sevgiye, kardeşliğe dayanır. Öyle din, dil, ırk farkı diye düşmanlık güdülmez ama bizden olmayana da kız verilmez, damat alınmaz, o başka!"

"E, hani her şey sevgiye, kardeşliğe dayanıyordu?"

"Ablam, biz kendi inancımızda rahat bırakılsak, kız da, damat da alıp veririz. Ama bizim inancımız kabul görmüyor ki! Yemin ederim bizim hayat felsefemiz merhamet ve sevgidir. Sizin beş şartınıza karşılık bizim şartlarımız şöyle; eline, beline, diline sahip ol, koymadığını alma, görmediğini söyleme, incinsen de incitme; döktüğünü doldur, ağlattığını güldür, yıktığını yap!"

"Sen madem bizim-sizin diye ayırıyorsun Yusuf, bunlar da benim evimde öğrendiğim dinî kurallar: İftira, yalan, kibir ve gönül kırmak en büyük günahtır. Alçak gönüllü ol, komşun açken tok yatma, iyilik yaparken bile gönül kırma, kimsenin inancını kınama, merhametli ve adaletli ol! Nasıl?"

"Söylerken çok iyi de uygulamada aksamalar oluyor demek ki!"

"Anlamadım."

"Sevda Abla, Alevi olmadıkça anlayamazsın. Beni sargıladın ya bu sabah, şu benim vücudumdaki tekme ve cop izlerini gördün mü?"

"Evet ama zaten dayak yemişsiniz topunuz birden. O yüzden şaşırmadım."

"Sokakta hepimiz itelenip kakalandık, coplandık. Karakolda Alevi olduğumu öğrendiklerinde ben üç misli dayak yedim. Gerçekten!"

"Sen söylemedinse mezhebini nasıl anladılar?"

"Nisan ayındaki eylemde yine karakola çekilmiştik ya, meğer hepimizi o zaman fişlemişler. Nüfus memurluğundaki vukuatlı kimlik sayfalarımızdan soyumuzu sopumuzu öğreniyorlar."

Bir sessizlik oldu.

"Kız doğdu," dedi Sevda.

"Biz mesela, kız doğduğunda üzülmeyiz."

"Yusuf, herhalde bu söz erkek evlat bekleyen padişahlar için söylenmiş."

"Köylerdeki babalar da erkek evlat ister. Savaşlara giden erkek evlatların tarlalardaki yerini almaları için ya da evin masraflarını paylaşsın diye erkek çocuk isterler."

"Doğru! Cumhuriyet kurulana kadar ne çok savaşmışız değil mi? Zavallı kadınların ömrü savaşa giden kocalarını, oğullarını, kardeşlerini beklemekle geçmiş! Ne çileymiş! Neyse ki bitti!"

"Çilesi hâlâ dolmayanlar da var ama!"

Sevda bardağında kalan son yudumu da içip bitirdi, yeniden doldurmadan önce Yusuf'un masanın üstünde duran elinin üzerine ona cesaret vermek ister gibi kendi elini koydu.

"Sen abartıyor olmayasın, Yusuf? Niye çıkmış bu ayrılık gayrılık onu da anlat, öğreneyim bari."

Yusuf usulca çekti elini, kısa bir süre sanki Sevda'nın göremediği birinden izin alır gibi, gözlerini tavana dikip öylece durdu, içkisinden birkaç yudumu üst üste içti, boğazını temizledi.

"Kökü o kadar geriye gidiyor ki... Anadolu'nun Müslüman olan Türkmenleri bulundukları coğrafyaya göre değişik devletlerin tabası olmuşlar ama savaşa gidildiğinde tercihleri ait oldukları inancın devletinden yana haliyle. Kaybettikleri savaşlarda kılıçtan geçirilmişler. Ben daha sonraki yıllarda en bilineni söyleyeyim sana abla, Şah İsmail ile Yavuz Sultan Selim'in savaşında, kırk bin Alevinin kafası kesildi."

"Sen Kızılbaşlardan mı söz ediyorsun yoksa? Şu mum söndü âlemleri yapanlardan? Bak, onu duymuşluğum var."

"Haşa! Başlarına kızıl başlık giydikleri için adları Kızılbaş'a çıkmış insanlar asla o senin söylediğin manada ayin yapmadılar, abla!"

"Hangi manada ayin yaparlar? Niye adları çıkmış, anlat bana."

"Çünkü Aleviler cem ayinini gece yaparlar. Gece yapmalarının nedeni, kendileri gibi yüce Allah'ın da gündüz yapacak işleri olduğuna inandıkları içindir. Ayin alanının ortasına aydınlatmak için bir mum yakarlar, ayine Cem denir, mumu Cem'in bitiminde söndürürler. Kim bilir belki de ibadetleri sırasında sürekli baskına uğrayıp katledildiklerinden görünmemek için tek mumla yetiniyorlardı."

"Mumun etrafında mı namaz kılarsınız?"

"Namaz kılmayız. Allah'a, Muhammed Peygamber'e ve Hazreti Ali'ye inanırız. Mevleviler gibi müzikle ama halka halinde dönerek iman ederiz. Biz insanı da kutsal kabul ettiğimiz için halka olup dönerken yüzlerimizi de birbirimize döneriz. Bu ayin yılda bir gün yapılır, adına Görgü deriz. Bir yıl boyunca yaptıklarımızın hesabını işte o gün veririz. Hesabı verebildikse temizlenmiş oluruz. Sünnilerin aksine kadın-erkek bir arada ibadet ettiğimiz için asırlarca türlü iftiralara maruz kaldık. Dünya yüzünde hiçbir topluluk bu kadar alçakça bir iftiranın kurbanı olmamıştır."

Yusuf, sesi titreyerek o kadar içtenlikle konuşmuştu ki, Sevda dinlediklerini hazmetmek için bir süre suskun kaldı. Yusuf dilinin ucundaki soruyu bir türlü soramıyordu. Sonunda dayanamadı, "Doğru söyleyip söylemediğimi merak ediyorsun, değil mi abla?" dedi.

"Kafam karıştı, Yusuf. Doğru söylediğine inanmak istiyorum."

"Neye takıldınsa sor da anlatayım."

"Bektaşiler... Onlar da Alevi, öyle mi? Bir Anadolu seyahatinde kocamla Hacıbektaş kasabasındaki Hacı Bektaş-ı Veli dergâhını ziyaret etmiş, çok etkilenmiştik. Çerçevelenmiş yazılar vardı duvarlarda, hatta ezberime aldım, sık sık da kullanırım.

Her ne ararsan kendinde ara, Kudüs'te, Hac'da filan değildir gibi... Doğru mu hatırlıyorum?"

"O dörtlüğün başı şöyledir, abla: *Hararet nardadır, sacda değildir/ Akıl baştadır, tacda değildir/ Her ne arar isen kendinde ara/ Mekke'de Kudüs'te Hac'da değildir.*

"Ben üniversiteyi yurt dışında okudum ama konum edebiyat olduğu için elbette Türk şairlerini, ozanlarını, Karacaoğlan'ı, Yunus Emre'yi, Mevlânâ'yı filan da bilirim de Alevi tanımını hiç duymamıştım."

"Çünkü konuşmayız biz. Alevi kimliğimizi dışa vurmayız. Kolay değildir iftihar etmen gerekeni saklamak ama ne demişler, her kulun bir çilesi var."

"Niye bu kadar ketumsunuz Yusuf, bak sen bana söyledin işte, öğrenmiş oldum. Niye saklıyorsunuz ki?"

"Siz iyi insanlarsınız abla, abi de doktor zaten, can kurtarmaya yemini var. Yeri geldi şimdi... Biraz da bu votkadan... Boş boğazlık ettim, içimi döktüm sana. Biz Alevilerin nasıl kıyıma uğradığını bilseniz aklınız durur. Kerbela'da başlayan kıyımın en büyüğü Yavuz Sultan Selim zamanında yapıldı dedim ama öncesinde ve sonrasında da hiç rahat yüzü görmedi Aleviler."

Yusuf'un gözleri dolmuştu ama ağlamadı. Sevda ise ayık kafayla soramayacağı soruyu, kanına yüklediği alkolün verdiği cesaretle rahatça sorabildi.

"Durup dururken cana kıyılmaz, Yusuf. Elbette Aleviler de pek rahat durmamış ki bunca kıyıma uğramışlar..." Yusuf, onun lafını bitirmesini beklemedi.

"Toprak, güç veya inanç için savaşmak, kutsalların uğruna ölmeyi, öldürmeyi göze almak insanın doğasında var ama savaşta herkesin yeri, muradı bellidir, mertçe savaşılır, bir taraf kazanır, diğeri kaybeder..."

"Ben savaşa karşıyım," diye atıldı Sevda.

"Ben de savaşa karşıyım ama hiç olmazsa gizlisi saklısı yoktur. Savaşta dostun düşmanın, silahların bellidir. Düşmanını iftira ile yenmeye çalışmak insanlığa da sığmaz, Allah katına da! İftiranın hasarını hiçbir silah yenemiyor, abla! Bakın, bugün kimse top tüfekle gelmiyor üzerimize ama nefretle, fısıltılarla, dışlanmalarla, fişlenmelerle hayat bize dar ediliyor. Anadolu Türkmenlerinin gururla başlarına giydikleri kırmızı başlıklar bugün bir utanç sözcüğü gibi fısıldanıyor. İnsanlar tembeldir, gerçeği öğrenmek için araştırmaz, duyduğuna inanır. Siz bile inanmışsınız işte Kızılbaşların ana, avrat, kardeş tanımadan ilişkiye girebileceğine. Bu iftiraya karşı hangi silahı kullanalım be abla? İftiranın gücünü ne top ne tüfek ne atom bombası yenebilir. Şimdi söyle bana, bir Alevi olarak gönlüm kırık olmasın mı?"

Ne söyleyeceğini bilemediği için Sevda, "İçkin bitmiş Yusuf, içmek günah değilse sizde, biraz daha votka?" diye sordu. Gözleriyle şişeyi işaret etti.

"Ben başka içmeyeyim de abla, bizde günaha ancak başkasının hakkına el uzatmakla, haram yemekle, hırsızlık etmekle, kalp kırmakla girilir. Bizde abdest nasıl alınır bilir misin?"

"Nasıl alınır?"

"Suyla alınmaz, bedeni temizlemekle değil, vicdanı temizlemekle alınır. Yılda bir kez Görgü'de, yani sizlerin 'mum söndü âlemi' dediğiniz, aile içi seks âlemi sandığınız törenimizde, her birimiz bir yıl boyunca yaptıklarımızın hesabını veririz, hatalarımız varsa söyler, hatalarımızla yüzleşiriz, dargın olduklarımızla barışırız. Bizim abdestler kulağımıza su kaçtı diye veya affedersin yellenmeyle filan bozulmaz, kötü niyetle bozulur. Biz Görgü'de bir yıl boyunca temiz kalmaya niyet ederiz. Niyetimiz Hakka ve insana karşı hep dürüst olmaktır. Niyeti bozduksa bir sonraki Görgü'de itiraf eder, cezamıza razı oluruz."

Oğlan hezeyan içindeydi. Belli ki çok uzun süredir yüreğinde gizlediği isyanı kusuyordu, alışık olmadığı içkinin de tesiriyle.

"Heyecanlandın, Yusuf. Sanma ki seni sınıyorum, ben de herkes gibi duymuştum saçma sapan bazı şeyler ama vallahi inanasım gelmemişti. Bak aç karnına içtin, mutlaka bir şeyler atıştır da çarpmasın rakı aromalı votka."

"Tamam," dedi Yusuf, "ama siz de başka içmeyin, bak şişe yarılanmış."

"Efkârım var, Yusuf."

"Kimin yok ki, ablam!"

Sevda, içini dökerken ona bir sen, bir siz demiş olan Yusuf'u bir karara var da bana ya sen ya siz diye hitap et, diye uyarmak istedi ama şu mutfak masasında aralarında gelişen sıcak dostluğa zarar verir diye sustu.

Az sonra bardaklar bu sefer de Yusuf'un sıktığı limonların suyu ve votkayla dolmuştu fakat bu sefer de buz kalmamıştı buzlukta. Limonlu votkalarını buzsuz içmeye devam ettiler.

Sonraki bir buçuk saatin içinde Sevda, 680 yılında Hazreti Ali'nin oğulları Hasan'la Hüseyin'in, Yezid'in halifeliğini tanımadıkları için aileleriyle birlikte, çölde Kerbela denen yerde susuz bırakılarak öldürüldüklerini, Alevilerin bu yüzden her 10 Ekim'de yas tuttuklarını öğrendi. Alevilerin Cem'lerini yılda bir kez perşembenin cumaya bağlandığı gece yaptıklarını, Hazreti Ali'nin Kerbela'da can veren oğullarıyla torunlarının sayısı on iki olduğu için Cem Töreni'nde on iki hizmet görevlisi bulunduğunu, su orucunun bu nedenle on iki gün boyunca tutulduğunu, o sürede suyla ilgili hiçbir iş yapılmadığını, çamaşır yıkanmadığını, etli yemek pişirilmediğini, saç-sakal tıraşı olunmadığını da öğrendi.

Votka şişesinin dibine yaklaştıklarında, Yusuf da Sevda'nın biricik oğlu Ali Kerem'i iki yaşına varmadan kaybettiğini biliyordu.

Duygu yüklü ve bol alkollü uzun gecenin bir yerinde radyoda o yılların ünlü rumbası çalmaya başlayınca Sevda *Dance with me, sway with me* diye şarkıya eşlik ederek, ayaklandı. Yusuf'u sağlam kolundan çekeleyip kaldırdı, şarkı bitene kadar dar mutfakta müzikle birlikte döndüler. "Bu, senin ilk dansınmı?" diye sordu Sevda. Yusuf cevap vermedi. Masayı dağınık bırakıp birbirlerine tutunmuş, yalpalayarak odalarına giderlerken Sevda saati kurması gerektiğini hatırladı.

"Bak, hiç de sarhoş değilim, nasıl hatırladım ama! Kaytarmak yok Ateşi, ay pardon, Alevi bey kardeşim, sabah erken kalkılacak, şey efendi... Yani kapıcımız gazetesiyle kapıya gelmeden... Anladın sen..."

Lafını toparlayamadı ama odasında başucunda duran saati, nasıl becerdiyse, altı buçuğa kurup Yusuf'a uzattı. Sonra kapattı kapısını, terliklerini fırlatıp attı ayaklarından, eteklığini çıkardı. Başı fena dönüyordu, bluzunun minik düğmelerini çözmeyi bir türlü beceremedi, her gece yatağa girmeden yaptığı gibi yanaklarındaki allığı, gözündeki rimeli temizlemeye de üşendi, dişini bile fırçalamadan attı kendini yatağa sırtüstü ve hemen sızdı.

VALLAHİ BU SEVDADA YOKTUR GÜNAHIM

27 Mayıs 1960

Sevda, üzerinde kurşun parçaları var gibi hissettiği gözlerini zorlukla açtı, bakışlarını aralık kalmış perdeden sızan ilk gün ışığının vurduğu tavanda gezdirdi. Ağzı kupkuruydu, kafasına ot tıkılmış gibiydi ama neyse ki odasında olduğunun bilincindeydi.

Aaa! Üzerinde geceliği yoktu! Dün giydiği yeşil bluzu giyiyordu hâlâ, bacaklarıysa çıplaktı... Şaşırdı.

Sonra dumanların arasında dün gecenin son saatleri belirdi gözlerinin önünde. Odaya yalpalayarak gelişini, soyunduktan sonra her zaman yaptığı gibi makyajını silmeden, dişlerini fırçalamadan, herhalde o yüzden zehir gibiydi ağzının içi, kendini yatağa atışını hatırladı. Çok içmiş, üstelik oğlanı da içirmişti. Neden? Bir şey onu paramparça etmişti, göğsü sıkışmış, içi bulanmıştı da ondan! Neydi, neydi?

Yavaş yavaş hatırlamaya başladı dün gece mutfak masasındaki hallerini.

Yusuf'un anlattıkları doğru olabilir miydi?

İnsan hem de kendi dininin bir başka mezhebinden olan insanlara nasıl bu kadar acımasız davranırdı? Üstelik bunu yapanlar Şamanlıktan Müslümanlığa geçmiş, her türlü inançla haşır neşir olmuş, Anadolu'nun güngörmüş, kadim insanlarıydı. Yusuf'un sözünü ettiği yörelerin halkı sadece Müslüman da değildi ki. Katoliği, Ortodoksu, Süryanisi, Keldanisi, Ermenisi, Yahudisi hep birlikte aynı topraklarda asırlarca iç içe yaşamışlardı!

Yusuf'un anlattıklarına dün akşam inanmıştı ama şu anda, geceye göre daha ayık bir kafayla, o kadar gerçek dışıydı ki dinledikleri, inanası gelmiyordu! İlk iş babasının kütüphanesindeki kitapları karıştıracak, bilgi arayacaktı. Selçuk'a da sorabilirdi ama inançlarla pek ilgilenmeyen kuzeni bu konuları bilmezdi herhalde.

Yusuf gençti, birkaç kez kalbini kırdılarsa, herhangi bir nedenle kendini aşağılanmış hissetiyse, karşılık veremediyse, biraz abartılmış olabilirdi miydi söyledikleri?

Aniden bir başka ihtimal ok gibi saplandı kafasına, bu genç, iki gecedir evinde misafir ettiği Yusuf, şizofren olmasındı sakın!

Ah, nasıl akıl etmedi bunu dün gece?

Etmedi, edemedi çünkü bir kırba gibi içti! Koca bir votka şişesini devirdi limon suyuyla, o yüzden şimdi dili zehir gibi, damağı kupkuru, dimağı bulanık!

Niçin içti bu kadar?

Çünkü kocasının ve onun yarınları meçhuldü, halleri belirsizlikler içindeydi. Sedat'ın istifasından sonra ne üniversitedeki işinin garantisi vardı ne nerede yaşayacaklarının. Her ikisi de başlarına nelerin geleceğini bilemiyordu. Doğduğu günden bu yana ömrünü tesadüflere filan bırakmadan hep belli ve muntazam bir plan içinde yaşadığından mı bu kadar gergindi, huzursuzdu?

Şu son ayların çilesi bile olması gereken sırayla gelmemişti üstüne.

Annesinin ölümcül hastalığıyla başa çıkmaya çabalarken, babası kızını ve hasta karısını hiç hazırlamadan bir sabah, pencerenin pervazına konup ekmek kırıntısını beklerken aniden uçuveren kuşlar gibi, pırrr!

Ne güzel bir ölüm, demişti kimileri... Hayır, hayır, hayır, hiç çekmeden ölmek geride kalanlara asla bir teselli değil, korkunç bir darbeydi! Sevdiğinin ani ölümü güvendiğin dağlara kar yağmasıydı, zeminin ayağının altından kaymasıydı!

Annesinin yükünü aynı fedakârlıkla paylaşan ve vakit geldiğinde acısını da aynı samimiyetle paylaşacak olan o yegâne kişinin, bir anda onu yapayalnız bırakmasıydı... Ah baba, nasıl yaptın bunu bana!

Ha, bir de dün gece Yusuf'la acı yarıştırırlarken üstesinden geldiğini, kuma gömdüğünü zannettiği o keskin acı, ortaya saçılmak için bir şişe limonlu votkayı bekliyormuş meğer!

İpin ucunu elinden kesin bu nedenle kaçırmıştı dün gece?

Yatağından indi, tuvalet masasının pufuna oturdu. Perdeler kapalı olduğu için hâlâ loş olan odada lambayı açıp aynada yüzünü inceledi. Aman Tanrım! Geçen yıllar ile gelecek olanların arasına sıkışmış Sevda'ya içinde bulunduğu şu an, aynalardan dil çıkarıyordu. Kremlerle, pudralarla, allıklarla saklamaya çabaladığı yaşı, saçlarının dibinden artık üç haftayı bile bulmadan fışkıran beyazları ve gerginliğini kaybetmeye çoktan başlamış cildiyle yaşlandığını kabul etmemek için neler yapmıyordu ki.

Fırından taze ekmek alma bahanesiyle sabahları bazen ta Şişli'ye kadar yürüyor, yazın Ada'ya gittiklerinde her gün bir saate yakın yüzüyor, Ada'yı bisikletle turluyor, güneşe yatıp bronzlaşıyordu. Eteklerinin boyunu da günün modasını bahane ederek birkaç santim kısaltmıştı muntazam bacaklarına güvenerek ama ne yapsa, ne etse, hangi kremi kullansa yaşlanmayı durduramıyordu. Daha beteri, kabullenemiyordu da!

Kabullenemediği, sadece yaşlanmakta olduğu muydu?

Koca budala! Kibrinden gerçekleri görmezden gelen enayi! Kafasını ne zamandır kurcalayan soruyu bırak kocasına sormayı, kendine hatta elini üzerine koyduğunda tıp tıp atışını duyduğu kalbine dahi soramayan saftirik Sevda!

Yolculuğa hazırlanan Sedat'a bu misyona kimlerle gittiğini sorduğunda isimleri tek tek sayacağına, ağız çalkalamıştı kocası. Oysa o tek soruyu soraydı, Belgin Karayel de sizinle mi geliyor, diyebileydi, yanıt ya evet ya da hayır olacaktı. Ama Sevda kendine yediremez ki o şekilde sormayı! Şimdi bu şüphesini arkadaşlarından birine ya da Selçuk'a söylese, alacağı cevabı adı gibi biliyor. Daha neler, diyecekler. Ayıp ediyorsun da diyebilirler! Sedat mı? Gözlerimle görsem inanmam, bu saatten sonra kocandan mı şüpheleniyorsun? Aklını mı kaçırdın! diğer yanıtlar da böyle olurdu, kesin!

Sadece sütten ağzı yanmış Sevim anlayış gösterebilir ona... Ama gerçekten Sedat da hiç benzemez ki uçkuru gevşek Selçuk'a. Selçuk'u sever ama ona hiç benzemez kocası!

Saçmalıyorsun Sevda, dedi aynaya bakarak. Menopoza girdin, resmen saçmalıyorsun!

Saç fırçasını aldı, başını öne eğip sertçe fırçaladı saçlarını, sonra başını geriye savurdu... Saçları kendi yaşındaki kadınlara göre çok daha gürdü. Aynadan akseden simada başının etrafını aslan yelesi gibi sarmalayan kumral saçlarını beğendi sadece. Sadece saçlarını beğenmek, Sevda'ya yetmedi.

İçi yanıyordu. Dün koca bir şişe votkayı zorla oğlana da içirdiği için kim bilir içkiye alışık olmayan Yusuf ne haldeydi. Kalktı puftan, bir bardak su içmek için çıplak ayak mutfağa doğru yürürken salon tarafından gelen o tuhaf uğultuyu duydu. Döndü, salona yürüdü, ne olduğunu çıkaramadığı o gürültüyü daha net duyuyordu şimdi... Sanki zincirlerin taş zemin üzerinde tıkırdaması gibi, ama tam öyle de değil... Sabahın köründe, hava aydınlanmaya yeni başlarken, herkesin uyuduğu bu saatte, hiç tanımadığı bir gürültüydü bu...Perdeyi açtı.

Gözlerine inanamadığı için pencereyi de açtı ve tek sıra olmuş birkaç tankın ilerlerken çıkardığı sevimsiz ses odaya doldu.

Tanklar Taksim istikametinden Harbiye'ye doğru gidiyordu, eskiden okuduğu bir romanda önlerine çıkan her şeyi yıkıp yakarak yürüyen gri filleri çağrıştıran gri tanklar. Ürperdi!

Daha fazlasını görmek için eğilerek sarktı pencereden, Radyo Evi yönüne doğru bakarken beline dolanan kolları hissedince çığlık atarak başını arkaya çevirdi.

Beline sarılmış Yusuf'un kapkara gözleri çakmak çakmaktı. "Ne yaptığını sanıyorsun?" diye bağırdı.

"Asıl sen ne yapıyorsun? Tutmasam camdan aşağı düşmek üzereydin!"

"Ben tankların sesini duyunca... Ben..."

Sustu. Akşam yatarken eteğini çıkarıp geceliğini giymeden yattığını, bacaklarının çıplak olduğunu hatırladı, üzerinde üç üst düğmesi çözülmüş, göğsünün çatalını açık eden bluz, altında sadece donu vardı. Yusuf'un kolları hâlâ belindeydi, sertleşen organını hissedebiliyordu ona değdiği yerde. Sevda taş kesildi. Sanki tüm uzuvlarına felç inmişti. Belini saran kollardan sıyrılmak istiyordu... Hayır, istemiyordu... İçine kovalarla alev dökülüyormuş gibi yandığı, karnında kelebeklerin kanat çırptığı, gövdesindeki tüm atar damarların aynı anda çılgınca atmaya başladığı o anı bozmamak için nefes almaya korkarak duruyordu.

Ne zamandır unuttuğunu sandığı haz duygusu, sevişme arzusu daha önce hiç hissetmediği, bilmediği bir şiddetle geri dönmüştü. Kaçmak ve olabileceklerden kurtulmak istiyordu ama aynı zamanda o an, sadece o an, bir saat, bir gün, bir yıl, on yıl sürsün de istiyordu.

Her ikisi de kıpırdamadan uzunca bir süre öylece kaldılar. Sonra Yusuf, acıyan kolu hâlâ Sevda'nın belinde, diğer koluyla uzandı, önce pencereyi, sonra perdeyi kapattı... Usulca Sevda'yı kendine doğru döndürdü ve öptü.

Tank sesleri duyulmaz olmuştu!

Sevda göklerde bir yerden dünya yüzüne geri döndüğünde, Yusuf'u asansörde bulduğu gün yatırdığı divanda, Yusuf'un üzerinde yüzükoyun yatıyordu. Dünyayla birlikte o da dönüyordu sanki ama değerlerinden, değer yargılarından sıyrılmış, tüm endişelerinden kurtulmuş olarak. Oğlan ise derin uykudaydı. Ağzı hafifçe aralık, sağlam kolu yataktan yere doğru sarkmış, muntazam soluklar alıp vererek uyuyordu. Yavaşça doğruldu, Yusuf'u uyandırmamaya dikkat ederek indi yataktan, önce salona koştu; Yusuf'un üzerinden düğmelerini çözmeden hoyratça çıkardığı yeşil bluzu pencerenin önünde yerdeydi. Onu yerden alıp çıplak ayak odasına gitti ve elbise dolabının aynasında kendini gördü. Saçları didik didikti, gözlerinin altı morarmıştı ama yüzünde silemediği arsız bir gülümseme mi vardı ne. Bu ifadeyi Selçuk gelmeden önce mutlaka silmeliydi yüzünden!

Kapının çalındığını duyunca koşup sabahlığını geçirdi üstüne, Yusuf da kalkmış yattığı odanın kapısında duruyordu şaşkın şaşkın.

Sevda kapıdakinin, Mehmet Efendi olduğunu anlayınca rahatladı, araladı kapıyı.

"Neler oluyor, neler! Radyoyu açın, Sevda Hanım, darbe olmuş! Sizi erkenden uyandırdım ama bugün ekmek, gazete filan yok, sokağa çıkma yasağı var. Herkese haber veriyorum."

"Aaa! Demek ki tanklar... Teşekkür ederim, Mehmet Efendi... Bir toparlanayım hele, konuşuruz sonra."

Kapıyı kapattı, doğruca salona koşup radyoyu açtı. Sabahın beşinde kalın, tok, davudi sesli bir erkek konuşuyordu, kelimeleri en doğru vurgularla telaffuz ederek.

Dikkat... Dikkat... Muhterem Vatandaşlar! Bugün Demokrasimizin İçine Düştüğü Buhran ve Son Müessif

Hadiseler Dolayısıyla ve Kardeş Kavgasına Meydan Vermemek Maksadıyla, Türk Silahlı Kuvvetleri Memleketin İdaresini Eline Almıştır.

Sevda, konuşmanın gerisini dinlemeden hemen kocasını aramak için telefona koştu. Santralı çok uzun çaldırdı. Sabahın o saatinde kocasının Cenevre'deki oteline kolayca bağlanması gerekiyordu... Eğer santral cevap verirse.

Radyodaki ses konuşmayı sürdürüyordu, bu hareketin hiçbir şahsa veya zümreye karşı olmadığını, hangi partiye mensup olursa olsun, her vatandaşın kanunlar ve hukuk prensipleri esaslarına göre muamele göreceğini anlatıyordu.

Birkaç aramadan ve çok uzun çaldırmalardan sonra uluslararası santral nihayet cevap verdi ama ne kadar bekleyeceği hakkında bilgi veremiyordu. Sevda, açıkça telaffuz edilmese de yurt dışına telefon edemeyeceğini sezdi.

Kapattı telefonu, başı iki eli arasında çöktüğü koltukta otururken radyoyu dinlemeye devam etti, aynı davudi ses vatandaşlardan kin gütmeden, birbirlerine karşı hürmetle ve anlayışla muamele etmelerini istiyor, hükümet mensuplarını ise Türk Silahlı Kuvvetleri'ne sığınmaya davet ediyordu. Acaba Sedat da Türk Silahlı Kuvvetleri'ne sığınması gerekenlerden biri miydi?

Gerçi sadece milletvekiliydi, bakan değildi ama meclisin bir parçası olduğuna göre?

Şu telefon bağlansa da bu bilgiyi verebilsem kocama, diye kıvranırken, telefon beklediğinden de çabuk çalınca kendi yazdırdığı telefon bağlandı sanarak hemen kaldırdı ahizeyi. Evet, Cenevre'yi bağlıyorlardı, bekledi ve Sedat'ın telaşlı sesini duydu.

"Memlekette darbe olmuş! Mebusları tutukluyorlarmış," diyordu kocası. "Sen iyi misin? Çok korktun mu?"

"Bana az önce Mehmet Efendi haber verdi ama asıl sen nasıl duydun, Sedat, mebusların tutuklandığını kim söyledi sana? Radyo böyle bir bilgi vermedi ama hükümetin askerlere teslim olması..." Sevda, cümlesini bitiremedi.

"Bana az önce ihtilali duyan bir dosttan haber geldi. Ben bugün dönmüyorum, Sevda, beni sakın merak etme, iyiyim, sıhhatteyim. Bir iki güne kadar seninle temasa geçeceğim. Korkma, üzülme, benden haber bekle."

"Bir dakika, Sedat... Sen mi beni aradın? Darbeyi kimden duydun? Sedat! Kapatma, Sedat... Sedat!"

"Benden haber bekle!"

Telefonun kapandığını belirten zıırrr sesini dinledi bir süre. Ahizeyi yerine koydu.

Ne yapacağını bilemiyordu, belirsizlikten şikâyet ederken al sana sonu gözükmeyen bir dipsiz kuyu! Allah ona ceza mı kesiyordu acaba?

Telefon çaldığında salonun kapısında beliren Yusuf, o telefonda konuşmaya başlarken evin arka tarafına geçmişti, herhalde duş alıyordu. İki elini açtı, hatırladığı duaları sıralamaya ve hayatının tekrar bir düzene oturması, kocasının başına kötü şeyler gelmemesi için mırıldanarak iki yana sallanmaya başladı. O koltukta bu şekilde ne kadar oturduğunun farkında değildi. Radyodan yayılan tok ses ara sıra klasik müzikle kesiliyor, sonra yine sürekli aynı cümleyi tekrar ediyordu:

Türk Silahlı Kuvvetleri memleketin idaresini eline almıştır. Nato'ya bağlıyız, Cento'ya bağlıyız...

Sevda'ya hafakanlar basmaya başladı. Sonunda bezdi, "Cehennemin dibine bağlanın," diye bağırdı, "benim hayatımı altüst ettiniz... Başıma gelenler hep sizin yüzünüzden... Gençlere yapmadığınız eziyet kalmadı, öğrenciler yollara döküldü, dövüldü, coplandı, onun bunun evine sığındı. Hepsi yine sizin yüzünüzden! O kibirli, tepeden bakan suratlarınızla, uzlaşmayan hallerinizle Silahlı Kuvvetlere el koydurdunuz! Darbe olmuş! Benim hayatımda da darbe oldu, benim hayatımın düzeni de geri dönülemez, önü görülemez bir durumda şu anda! Tanrım, ben ne yapacağım? Anam da, babam da, kocam da yok artık, kim el uzatacak bana?

Oturduğu koltuktan farkına bile varmadan yere kaydı. Koltukta usul usul gözyaşı dökerken yere indiğinde hıçkırarak ağlamaya başladı. Sonra bir çift bacak belirdi önünde. Ağlamaktan şişmiş gözleriyle yukarı baktı, Yusuf'un siyah gözlerini gördü, üzerinde dün ona verdiği giysiler vardı, Yusuf hiçbir şey söylemeden yanına çöktü, onu kucağına çekti ve sanki bebeğini uyutmak isteyen bir anne gibi şefkatle kollarında sallamaya başladı Sevda'yı. Ara ara saçlarını okşuyor, yüzünü gözünü öpüyordu.

"Ben varım. Ben bırakmayacağım seni, sen benim elimi tut," diyordu.

Önce gülesi geldi, rahmetli oğlundan bile birkaç yaş daha genç olan Yusuf tutacakmış elinden! Dün akşam gidecek kapısı, cebinde yeterli otobüs parası olmayan Yusuf!

İçinden, neyle ve nasıl tutacaksın elimi söyle bakalım, diye sormak geçti, eğer anlattıkları doğruysa, inanılır gibi değildi ama eğer doğruysa, yüzyılların hasarını ruhunda taşıyan bu iyi niyetli genç insanı incitmeye kıyamadı.

"İyi ki varsın, Yusuf," dedi içtenlikle, "sen olmasaydın bugün çok zor geçerdi benim için."

"Sen istersen hiç ayrılmayız."

"Bunun mümkün olmadığını biliyorsun, değil mi?"

"Çok istersek mümkün kılmak elimizde."

"Çok istemiyoruz çünkü sen hayatının başında genç bir adamsın, önünde üniversite yılların..."

Yusuf kesti sözünü.

"Ben gerekirse çalışırım, gerekirse hem okur hem çalışırım... Eğer istersen."

"Doğru olanı yapmamız, çok istediğimizi yapmaktan daha hayırlı olur. Her ikimiz de sokağa çıkma yasağı kalktığında, kendi yolumuza gideceğiz ve..." Sevda yine tamamlayamadı cümlesini.

"Ben böyle bir şey hiç yaşamadım, Sevda, böyle hissetmedim, böyle haz almadım, böyle sevişmedim... Böyle... Böyle... Sana âşık oldum ben."

"Unutursun canım," dedi Sevda, "sen o kadar gençsin ki daha neler yaşayacaksın, ne kızlar seveceksin..."

Sanki kendisi bu söylediklerinin hepsini yapmış gibi öğüt veriyordu oğlana. Oysa Yusuf bilse ki az önce hissettiklerini o da ilk kez yaşamıştı. Bilse ki gerçekten sevdiği, bağlı olduğu kocasıyla gençliğindeki sevişmelerinde dahi böyle hissetmemişti... Gövdesinin her milimetrekaresinden fışkıran hazzı daha önce bilmemiş, tatmamış, hayal dahi etmemişti.

Başını oğlanın göğsüne dayadı. Hem sessizce ağlıyor hem de Yusuf'un dudakları ensesinde, boynunda gezinirken, şimdi ayık kafayla çok utanıyordu ama bütün gövdesine yayılan taşkına hâlâ mâni olamıyordu. Gözlerini sımsıkı yumdu, nerede ve kiminle olduğunu, neler yaptığını görmemek için sanki, hiç ama hiç açmadı gözlerini. İçine doğduğu dünyadan çıkıp yine bir başka âleme, bir haz ülkesine gitti.

Sevda ve Yusuf, bir daha birlikte olamayacaklarını bildikleri için, gün boyu Sevda'nın kocasıyla paylaştığı yatak odası hariç evin koridoru dahil her bir köşesinde, çoğunlukla Yusuf'un, bazen Sevda'nın isteğiyle, kâh şefkatle kâh coşkuyla seviştiler. Sevişmedikleri zaman radyoyu dinlediler. Radyodan yapılan anonslarda vatandaşlara sokağa çıkma yasağının yanı sıra, mücbir sebepler olmadıkça mahalli ve şehirlerarası telefonları aramamaları da rica ediliyordu ki arkadaşlarının hiçbiriyle konuşacak gücü olmadığı için bu ricaya uymak Sevda'nın işine geldi. Ne o kimseyi aradı ne de arkadaşları onu.

Telefon çalmadı ama başka bir şey oldu, bir ara mutfakta sevişirlerken kapı gümbür gümbür vurulunca bulundukları yerden fırlayıp panik içinde sağa sola kaçışırken çarpıştılar. Gülmeleri tuttu. Sevda kim bilir nereye fırlatıp attığı sabahlığını nihayet bulup üzerine geçirince kapıya seğirtti, gelenin Mehmet Efendi olduğunu görünce zincirini açmadan araladı kapıyı.

"Ne oluyor, Allah aşkına! Bir yeni durum mu var, Mehmet Efendi?"

"Kapıyı ısrarla çaldım, duymadınız, siz açmayınca telaşlandım. Evde yalnızsınız, Allah muhafaza..."

"Duymadım çünkü radyo sürekli açık ya, benim de içim geçmiş dinlerken. Korkuttunuz beni."

"Ben size bir şey oldu diye..."

"İyiyim ben. Hiçbir şeye de ihtiyacım yok. Olursa zilinizi çalarım."

Sevda, dertleşmek, konuşmak, paylaşmak gerektiren bir durumda, başından savmak istediği kapıcının yüzündeki şaşkınlığı gördü, süklüm püklüm gidişini seyretti ve kapattı kapıyı, zinciri takılı bıraktı.

Sonra odasına yürüdü ve aynada yer yer kızarmış yüzünü incelerken Mehmet Efendi'nin bu yüzü gördüğünde hakkında ne düşündüğünü tahmine çalıştı.

Kapıcısı yüzü gözü kızarmış, gözlerinin altı çökmüş, saçları didik didik bir zavallı kadın görmüş olmalıydı, anasıyla babasını kaybettiği yetmemiş gibi bir de darbe yüzünden kocasıyla ayrı düşmüş, yapayalnız, acınası bir kadın!

Kendi gözüyle baktığında ise çocuğu yaşındaki genç adamla sevişmelere doyamayan, sonbaharında azgın bir kadın gördü. Kapıcısı durumu anlamadı diye sevineceğine, tuhaf bir utanç duydu. Sabahın beşinden beri utanç, coşku, tutku, haz, pişmanlık, yine tutku, yine utanç, yine haz ve bitkinlik arasında gidip gelmekten helak olmuştu Sevda.

Yusuf ise ilk kez utanmadan, çekinmeden, her bir kıvrımını ve gizemini yeni keşfetmekte olduğu kadın bedenindeki bu serüven hiç bitmesin istiyordu. Sevda çoğu zaman yönlendiriyordu onu. Hatta birlikte keşfediyorlardı sevişmenin o ana kadar fark etmedikleri o büyülü formülünü.

Öğleden sonra saat üçe doğru, bir gece evvel sarhoşluktan mutfakta buzdolabına koymayı unuttukları, suyu jöleleşmiş ve kokmaya başlamış tavuğu çöpe döküp dünden kalan pilavla Sevda'nın pişirdiği omleti yiyip tekrar salona geçtiler. Hep açık duran radyodan tekrarlanan tebliğleri duymazdan gelerek salonun değişik köşelerinde seviştiler ve bir ara uyuyakaldılar.

Sevda neden sonra telefonun susmayan sesiyle açtı gözlerini, o gürültüyle bile uyanamamış Yusuf'un üzerinden uzanarak, sehpadaki telefona ulaştı. Ahizeyi kaldırdı, konuşmadan önce yutkundu, içinden sakın Sedat olmasın, diye geçirdi, Allah'ım, sakın Sedat olmasın... O benim sesimi tanır, her halimi bilir! Hatta telefonu yanıtlamadan kapatmayı bile düşündü çünkü hattın öbür ucundaki her kimse, kuyruklu bir yalan işitmek üzereydi.

Cesaretini toplayıp, "Alo," dedi.

"Sevda! Olanları duydun mu? İyi misin?" diye soruyordu kuzeni. Rahat bir nefes aldı.

"Ah Selçuk, duymaz olur muyum, ilk ben duydum, tank sesiyle uyandım sabahın köründe. Meğer darbe olmuş. Radyom hep açık. Sedat da dönemiyor bugün," dedi bir solukta.

"Bugün sokağa çıkma yasağı var ama ben doktorum ya, yasağı delebiliyorum, ilk fırsatta gelip seni bize getireceğim."

"Ben buradan ayrılamam çünkü Sedat beni evdeki telefondan arayabilir."

"Bizden aramasını söyleriz!"

"Söyleyemeyiz! Ben onu kaç kere aramaya çalıştım, bağlamadılar. Yurt dışına telefon yasaklanmış, neyse ki beni o aradı çok erken bir saatte. Kimden, nasıl duymuş, anlayamadım. Benden haber bekle, dedi, çıkamam evden."

"Madem öyle, Sevim seninle kalsın."

"Korkacak bir şey yok, kuzen! Evde emniyetteyim."

"Oğlanı ne yaptın? Gitti mi?"

"Şey... Bu sabah erkenden gidecekti ama ihtilal olunca gidemedi, mecburen kaldı."

"Niye dün gece yollamadın yahu!"

"Memleketine gidecek otobüsü kaçırdı, sabah hava aydınlanınca gidecekti."

"Sana rahatsızlık veriyor mu? Tatsız bir durum yok, değil mi?"

"Aklına neler geliyor, Selçuk... Tabii sende akıl hep... Neyse. Vallahi çok terbiyeli bir çocuk ama bu durumda ne zaman gider bilemiyorum ki!"

"İnsanları günlerce eve kapayamazlar, yasağı kaldırdıkları an hemen yolla oğlanı."

Sevda önce gözleriyle Yusuf'u aradı odada, yoktu, belli ki rahat konuşsun diye sessizce salondan çıkıp yattığı odaya gitmişti.

"O da herhalde hiç meraklı değildir anası yaşında kadınla kalmaya. Sokağa çıkma yasağı kalkar kalmaz gider," dedi çok alçak bir sesle.

"Her neyse, ben ilk fırsatta uğrayacağım zaten. Ne eksiğin varsa söyle de gelirken getireyim."

"Şimdilik bir eksiğim yok," dedi Sevda, "ama bana uğramadan önce mutlaka haber ver ki bir şey lazımsa getiresin."

"Tamam kuzin."

"Sevim'e selam söyle ve ona iyi davran."

"Sevdaaa! Sanki karımı günde üç kez dövüyorum!"

Kapattılar telefonu.

Sevda yerde duran sabahlığını o gün son kez sırtına geçirip kendi odasına yürüdü, kapıyı kapatıp aynaya yaklaştı, boynunda ve göğsündeki morlukları inceledi. Sonra banyoya geçti, kapıyı kilitledi, duşa girdi, açtı sıcak suyu... Soğuk akan su bir süre sonra ısınmaya başladı. Isındı, ısındı, ısındı. Aşka bulanmış bedenini yanmaya bıraktı Sevda; kolları, bacakları, göğsü, karnı, her tarafı kıpkırmızı kesilene kadar dayandı sıcak suya. Sonra kapattı musluğu, çıktı duştan, yanan gövdesiyle zeminin soğuk seramiklerine serildi. Kaynar suların, sabunların asla temizleyemeyeceği ölçüde kirlenmişti. Bunu biliyordu. Bir şey daha biliyordu, aynı günahı defalarca daha işlemek için tutuştuğunu.

Kısacası, 1960 yılının 27 Mayıs'ında, sabahın beşinde Harbiye'deki Radyo Evi'ne giden tankların sesiyle başlayan gün, Sevda'nın evinde çok uzun sürüyor, bir başka sarsıcı ihtilal de hayatını hep düzgün kurallar içinde yaşamış, ömrünü ortalamış sıradan bir kadının ruhunda ve bedeninde gerçekleşiyordu.

Selçuk, öğleden sonra saat beş sularında Sevda'ya uğrayacağını söylemek, herhangi bir şeye ihtiyacı olup olmadığını öğrenmek için aradıktan yirmi dakika sonra Sevda'nın evindeydi. Kuzininin açtığı kapıdan girince önce Yusuf'un odasına uğradı.

"Nasılsın delikanlı?" diye sordu, "Sırtının ağrısı azaldı mı?"

"İdare ediyorum abi," dedi, divanda kapıya arkası dönük yatmakta olan Yusuf.

"Kaşının durumunu da göreyim... Dön bana... A, ama sen pansumanı... Ne oldu, düştü mü gazlı bez? Sevda yenisini koymadı mı?"

"Sen nasılsa geleceksin diye... Yanlış bir şey yaparım filan diye korktum," dedi kapıda dikilen Sevda.

"Sana son pansumanını ben yapayım o halde, Yusuf kardeş," dedi Selçuk, "temiz pansumanla yollayalım seni. Yarından sonra da gerekmiyor zaten."

"Yasak ne zaman kalkacak acaba?" diye sordu Sevda.

"Kızım, uyur gezer gibisin! Saat dörtte kaldırdılar sokağa çıkma yasağını, duymadınız mı?"

"Ben duymadım," dedi Sevda.

"Radyonun sesi buraya kadar geliyor, nasıl duymadın?"

"Az evvel açtım. Dar dar dar bütün gün kafam şişti, kapatmıştım," dedi Sevda.

"Ben de uyuyakalmışım," dedi Yusuf.

"Haydi sen yaralı berelisin," dedi Selçuk, Yusuf'a, sonra Sevda'ya döndü, "Senin neyin var Allah aşkına?"

"Kocamı merak ediyorum! Kendi geleceğimi de merak ediyorum! Kafamın yerinde olmaması için yeterli değil mi bunlar, Selçuk Efendi?

"Tamam, kızma, haklısın! Oksijeni getirsene bana banyodan, Sevda," dedi Selçuk, kuzinine.

Sevda odadan çıkar çıkmaz sesini alçalttı.

"Yusuf, bugün otobüsler şehirlerarası sefer yapmıyor ama yarın hayat normale dönünce sen de artık evine mi, okuluna mı..."

"Elbette abi."

"Sevda gelmeden şu parayı da al..." Bakındı etrafına, başucundaki konsolun çekmesini açıp içine bıraktı Selçuk.

"Yok abi... Yapma... Bende var biraz."

"Biz de öğrenci olduk oğlum, anlarız halden. Öğrencinin eli dardır. Sen üstelik ta nerelere gideceksin."

"Yurtlar açılacaksa gitmeyebilirim. O zaman iade ederim size."

"Anlaştık."

Sevda içeri girince sustular. Zaten Sevda'nın da gelmesiyle çıkması bir oldu.

"Ben çay demlemiştim... İşin bitince mutfağa gel, e mi," dedi kuzenine, odadan çıkmadan önce.

Selçuk, Yusuf'la konuşmasını bitirince mutfağa geçti.

"Sedat'la nasıl irtibat kuracağımı bilemiyorum, çok tedirginim," dedi Sevda. Çok yorgun görünüyordu.

"Ne bu halin, kızım, gözlerinin altı çökmüş," dedi Selçuk, "sen niye tedirginsin bu kadar? Kocan bakan değil ki telaşlanıyorsun, üstelik yurt dışında. Bakar duruma, her şey yolundaysa yurduna döner, dönmeyecekse sen onun yanına gidersin."

"Kolaydı çünkü yurt dışında yaşamak! Gökten başımıza para mı yağıyor sanıyorsun sen."

"Bunları konuşmak için çok erken," dedi Selçuk, "koy şu çayları da salona geçelim."

"Sen geç içeri, radyonun sesini kıs. Ben Yusuf'a çayını verip geliyorum."

"Yatalak mı Yusuf? Çayını da kendi alıversin."

Sevda kuzenini yanıtlamadan, ince belli bardağa çay döküp Yusuf'un odasına yollandı.

Salona geri geldiğinde Sedat pencerenin önünde durmuş, sokağa bakıyordu. Döndü, avucundaki düğmeyi uzattı Sevda'ya.

"Ne bu?" diye sordu Sevda.

"Düğme! Yerde buldum."

"Haa! İyi ettin, kopmuştu... Bakındım ama bulamamıştım."

Selçuk kızardığını görmesin diye "Kaybetmeden başucuma bırakayım," diyerek avucundaki düğmeyle odadan çıktı. Geri geldiğinde radyonun sesini yeniden yükseltmişti kuzeni.

"Yeni bir gelişme mi var?"

"Yok da... Sevda... Bir şey duydum, sanırım milletvekillerini de içeri alıyorlar, bizim asistanlardan birinin dayısını..."

"Ne diyorsun, Selçuk!"

"Tam öğrenmeden seni telaşlandırmak istemem ama benim asistanın dayısı milletvekiliydi, kızı öğlene doğru benim asistanı aramış, ağlıyormuş telefonda, babamı aldılar diye. Ben bugün kesin öğrenir, bildiririm sana. Eğer öyle bir durum varsa Sedat'a haber uçurmak lazım."

"Zaten o da geveledi böyle bir şeyi bu sabah. Allah'ım, nedir bu başımıza gelenler. Yurt dışına telefon etmek de yasak. Ne yapsak?"

"Senin briç oynadığın biri vardı, kocası konsolostu hani, ona rica etsen de arasa Sedat'ı, eğer duyduğum doğruysa, sakın dönmesin, demek için."

"Var ama yakınım değil, ben de kimsenin başını derde sokmak istemem. Hem Sedat şu anda hâlâ aynı otelde mi bilmiyoruz ki!"

"Hele bir yarın olsun da... İhtilali kim yaptı, onu bile bilmiyoruz daha."

"Silahlı Kuvvetler yaptı. Saat başı bangır bangır söyledi ya radyo!"

"Silahlı Kuvvetler kişi değil ki... Kim organize etti, kimler sorumlu?"

"Hiç aklıma gelmedi doğrusu."

"Aklın pek başında gözükmüyor senin, Sevda, dağılmış bir halin var, rüyada geziyor gibisin."

"Selçuk, darbe oldu, darbe! Kocamın akıbeti belli değil, benim nasıl olmamı bekliyorsun... Bir de evimdeki şu genç..."

"O genç, yarın sabah gidiyor. Ben yarın erkenden hastaneye gitmeden uğrayacağım, onun çıkışını göreceğim."

"Ne istiyorsun çocuktan be!"

"Balıklar ve misafirler üç gün sonra kokar! Çin atasözü."

"Sırf bunun için sabahın köründe buraya kadar gelmene gerek yok. Darbe olmasa, bu sabah gitmişti zaten."

"İyi çünkü Sevim'i bu evden uzak tutmak için mazeretim tükendi," dedi Selçuk.

"A, o dün geldi bana, haberin yok mu? Siz sahiden küs filan mısınız ilkokul çocukları gibi?"

"Yo, değiliz ama ben geç geldim eve, Sevim uyumuştu. Bu sabah da darbeden başka laf konuşulmadı ki... Ne yaptın, fark etmedi mi Yusuf'un varlığını?"

"Yusuf odasından çıkmadı, biz de mutfakta oturduk. Uzun kalmadı zaten. Bilmesin, e mi!"

"Tamam."

"Ama ben bu aranızdaki iletişim kopukluğundan hiç memnun değilim. Çağırıp duruyorsun ya, Yusuf'u yolcu edeyim, gelir kalırım sizde, göreyim bakayım... A! Yok, yok... kalamam, Sedat ararsa evimde olmalıyım ki bana ulaşabilsin."

"Sevda, iyi misin sen?"

"Niye sordun, yanlış bir şey mi dedim?"

"Yanlış bir şey demedin de kendinde değilsin! Zaten Sedat sana her ne söyleyecekse onu senin telefonunda söylemez ki."

"Nedenmiş o?"

"Dinlenebileceği ihtimalini düşünür."

"Burası annemin evi, telefon da babamın üzerine kayıtlı."

"Olsun, böyle özel zamanlarda istihbarat arı gibi çalışır."

"Sen seversin casusluk romanlarını, çok okurdun gençliğinde, hatta on üç yaşında hafiye olmaya karar vermiştin."

"Hah şöyle, buyursun beni hep mat etmeye çalışan kuzinimin her zamanki iğneleri."

"Selçuk, bir şey soracağım ama bak, aramızda kalacak!"

"Sor bakalım, Sevda Sultan."

"Sen 'Alevi' diye bir şey duydun mu?"

Selçuk'un kaşları hayretle havaya kalkarken koridorda Yusuf'un ayak seslerini duydular. Sevda'nın babasının terliklerini foşurdatarak salona doğru geliyordu. Sustular.

Yanlarına gelince, "Yeni bir haber var mı?" diye sordu Yusuf.

"Yeni haber yok, bol bol fotoğraf var. Gazete fotoğrafçıları görüntüler çekmiş Ankara ve İstanbul sokaklarından; ikinci, üçüncü baskıyı yapan gazetelerde gördüm. Güya sokağa çıkma yasağı var, resimlerde insanlar kendi evlerinin kapı önlerinde de öbek öbek toplanmıştı. Saat dörtte kalktı ya yasak, ana-baba günü olmuştur her yer."

"Aaa, öyle mi!" dedi Yusuf, "Yasak kalktı mı?"

"Siz ikiniz radyo dinlemiyor musunuz, Allah aşkına! Sen zaten sürekli uyku halindesin, öyle değil mi delikanlı? Sen de uyurgezer oldun, Sevda," dedi Selçuk.

"Ben kitap buldum kütüphanede, onu okumaya başladım. Sürekli uyumuyorum yani..." dedi Yusuf, sakin sakin.

"Hangi kitap?" diye sordu Sevda.

"Göstermiştim ya size abla, *Karamazov Kardeşler*."

"Ha, evet... Sahi," dedi Sevda.

"Sevda Ablamızın bugün cismi burada, ruhu Cenevre'de," dedi Selçuk, "ama sıkı bir uyku çekersen bu gece, yarına yepyeni olursun, kuzin."

"Dünden kalmayım. Dün akşamüstü çok sıkıntılıydım nedense, votka buldum büfede, limon da sıktım, biraz fazla kaçırdım herhalde."

"O votkadan bana da kaldı mı?" diye sordu Selçuk.

"Yok, biz hallettik... Şey... Bitti yani."

"Tevekkeli değil, ruh gibisin bugün." Selçuk, Yusuf'a döndü, "Sevda Ablan içkici sayılmaz, kafa çektiyse kesin sarhoş olmuştur."

"Belki olmuştur da ben görmedim. Verdiğin haplar beni erkenden uyutuyor, abi."

"Ben bir bakayım bu sihirli büfeye, belki bir şişe de cin çıkar, içer cin gibi oluruz hepimiz," dedi Selçuk ve büfede cin şişesini buldu ama buzdolabında ne soda vardı ne de sıkılacak limon. Küçük kadehle bir dikişte içti ilk içkisini, sonra ikinciyi doldurdu.

Sevda ve Yusuf içmediler. Selçuk içmeye devam ederken bir yandan da belki satır aralarında bir şey yakalarız diye Sevda'yla birlikte dikkatle radyoyu dinliyorlardı. Yusuf pek oralı değildi.

Bir ara yine minik kadehine cin koyarken bir tane de Yusuf'a koydu Selçuk, kadehi Yusuf'a uzattı, "İçsene," dedi, "ağrılarına iyi gelir."

"Israr etme çocuğa. İçmek istemiyor işte," diye itiraz etti Sevda.

"Uyutur da..."

"Zorlama, Selçuk!"

"Bizimkinin anaçlığı tuttu yine!" dedi Selçuk, "Biliyor musun Yusuf, yaşasaydı boyunca oğlu olacaktı Sevda'nın. Annelik, içinde kaldı, ondan böyle karışır onun bunun içkisine."

"Allah rahmet eylesin," dedi Yusuf.

"Bu ukalalıkları hep içinde kalan annelik hevesinden. Seni oğlu yerine koymuş olmalı çünkü yaşasaydı o da şimdi senin gibi delikanlı olacaktı. Kaç yaşındaydın sen?"

"Yirmi bir bitmek üzere. O benden çok daha genç olacaktı herhalde."

"Yok canım... Dur bakayım (parmaklarıyla hesapladı), yirmi beşini doldurmuş olacaktı," dedi Selçuk.

"Çok genç evlenmişsiniz," dedi Yusuf, Sevda'ya dönerek, "demek şehirlerde de olabiliyor erken evlilikler."

Sevda meydan okurcasına kuzeninin gözlerinin içine baktı, sonra Yusuf'a döndü:

"Çocuk yaşta değildim, Yusuf," dedi, "hamile kaldığımda yüksek lisansımı bitirmek üzereydim, anne olduğumda ise yirmi beşime yeni girmiştim. Selçuk nedense yaşımı sana illa açık etmek istiyor."

"Ne saçmalıyorsun sen?" diye sordu Selçuk.

"Maksadına erdin. Rahatladın mı?"

"Seni memnun edecekse, evet."

"İçkiyi öyle katıksız içmek, fena vurur," dedi Yusuf, Sevda'ya bakarak ama gözleriyle Selçuk'u işaret ederek, "o yüzden yani..." Yusuf'un yüzünde sarhoş işte, kusuruna bakılmaz, diyen bir ifade vardı.

"Sen de mi katıksız içkiler içtin, delikanlı?"

"İçenleri gördüm."

"Herhalde doktordular. Biz doktorlar öyle şeyler yaşıyoruz ki gün boyu gördüklerimizi kafamızdan atmak için azıcık yardım lazım."

"O *azıcık yardım* da sek cin mi? oluyor?" diye sordu Sevda.

"Bugün öyle oluyor çünkü senin buzdolabın tamtakır. Bir şişe sodan bile yok!"

"Senin bir derdin var ama söylemiyorsun," dedi Sevda, "yoksa böyle içmezsin sen!"

"Derdi olmayan kul mu var?" dedi Yusuf.

"Var. Seni birkaç arkadaşına tanıştırsın Sevda, gör bak var mı, yok mu! Neyse, ben göreceğimi gördüm, pansumanımı yaptım, söyleyeceğimi söyledim, şimdi evime döneyim ama yarın hastaneye gitmeden önce, erkenden buradayım," dedi Selçuk, "genç dostuma veda edeceğim."

"Senin ameliyatın filan olabilir. Ben senin yerine veda ederim."

"Yusuf'un kaşının son durumunu görmek istiyorum."

"E, şimdi bak!"

"Yarın yeni bir gün! Güneş tekrardan doğacak üstümüze ve..."

"Tamam, tamam! Haydi, *Geh mit Gott*!" dedi Sevda, oturduğu koltuktan kalkmadan.

Yaşını açık ettiğim için içerledi bana, diye düşündü Selçuk, odadan çıkmadan kuzenine eliyle bir öpücük üflemekle yetindi. Kapıya kadar Yusuf geçirdi Selçuk'u.

Salona geri döndüğünde, Sevda kanepeye geçmiş, dizlerini çenesine dayamış, boş gözlerle radyoya bakıyordu.

"Sen ne dedin abiye... Hani gitsin diye... Almanca mıydı o?"

"Almancaydı. Biz Allahaısmarladık, deriz ya, benim dediğim de aynı şey ama gidenler için kullanılır."

"Defol git, dedin gibi geldi bana da..."

"Sen çok zekisin, Yusuf ya da çok duyarlısın, aynen öyle geçti içimden çünkü."

Yusuf yanına oturdu, sağlam koluyla sarıldı Sevda'ya.

"Sen," dedi, "şu hayatta görüp göreceğim en muhteşem kadınsın. Yaşsızsın. Eşsizsin. Yarın ayrılacağımızı biliyorum, kal desen kalırdım," dedi, "demedin, eyvallah ama sen de şunu bil, seni son nefesime kadar seveceğim, asla unutmayacağım."

"Ben de seni, Yusuf," dedi Sevda, "belki inanmayacaksın ama ben de öyle."

Telefon gece yarısı çaldığında Sevda ile Yusuf salondaki halının üstünde sarmaş dolaş uyukluyorlardı. Bu saatte herhalde Sedat arıyordur diye fırladı Sevda, tökezleyerek telefona koştu.

"Uyandırdım mı?" diye sordu Selçuk.

"Selçuk! Bana diyorsun ama asıl sen kafayı yedin! Düşüp kafamı kıracaktım. Arayan Sedat'tır diye açtım, yoksa açmazdım. Ne var, bu saatte ne istiyorsun?"

"Haber geldi! Sen şimdi sus ve sadece beni dinle. Yarın sabah sana bir mektup bırakacağım. Hani sabah erken kalkamadım, postayı göremedim falan olmasın diye haber veriyorum. Eline geçer geçmez hemen oku. İyi geceler, canım."

"Dur dur, kapatma... Haber şeyden mi?"

"Sen hiçbir şey konuşma kimseyle, bak, hiç kimseyle, diyorum. Sadece oku ve yırt mektubu. İyi geceler."

Elinde zırrr diye öten telefonla kalakaldı Sevda.

"Ne oldu?" diye sordu Yusuf.

"Selçuk'tu. Bana bir şey... Neyse."

"Doktor abi benim burada kalmamdan rahatsız. Hakkı da var. Ben onu anlıyorum. Kız kardeşini korumak istiyor."

"Kazık kadar olmuş kadını?"

"Haksız mı?"

"Haklı," dedi Sevda, yüzü kızararak.

Yusuf da ayaklanmıştı. Yerden giysilerini topluyordu.

"Ben yatayım artık," dedi Sevda.

"Beni de *Karamazov Kardeşler* bekliyor... Odamda."

"Kitabı yanında götür. Ne zaman istersen o zaman oku ama bu gece sen de uyu, dinlen biraz. Yarın yolun uzun senin."

"Yarın o uzun yolda hep seninle birlikte olacağım," dedi Yusuf.

"Yusuf... Sen gerçekten çok... çok... anlayışlı, harika bir insansın, dilerim çok mutlu olursun."

"Daha vedaya uzun zaman var," dedi Yusuf, "yarın sabah vedalaşacağız, Sevda'm."

"Öyle olsun, Ateş'im."

Sevda ortalığı toparlamak için Yusuf'un odasına gitmesini bekledi. Sonra radyoyu açtı, sesini kıstı, nasılsa Selçuk'un telefonundan sonra uyku haramdı ona bu gece, hiç olmazsa gelişmeleri takip ederdi radyodan, kanepeye uzandı ama biraz sonra uyuyakaldı.

Gece ertesi sabaha kavuştuğunda Türkiye Cumhuriyeti'nde yeni bir dönem başlamıştı.

28 Mayıs, Sabah Saatleri

Sevda kapının ısrarlı çalan ziliyle açtı gözlerini, kendini salondaki kanepede buldu. Pembe sabahlığı, üstüne battaniye niyetine örtülmüştü. Geceyi nasıl bitirdiğini hemen hatırlayamadı ama başını kanepenin minderlerinden birine koymuş, halıda uyuyan Yusuf'un üzerinden atlayıp kapıya koşarken, bir yandan da elindeki sabahlığı aceleyle üstüne geçiriyordu. Kapı zincirliydi, gelenin Mehmet Efendi olduğunu görünce, zinciri çözmeden araladı kapıyı.

"Uyuyakalmışım, kaç oldu saat?"

"Yedi buçuk olmadı henüz," dedi kapıcı.

Sevda telaşlandı çünkü Mehmet Efendi her sabah kimsenin zilini çalmadan, kapıya astığı filelerde evlere taze ekmek ve gazete bırakır, siparişler için saat dokuzdan sonra uğrardı.

Sevda, zinciri açıp sokak kapısını araladı, kapıda asılı filesini aldı, elinde bir zarf, yüzünde mahcup bir ifadeyle dikilen kapıcıya, "Hayrola! Yeni bir gelişme mi var?" diye sordu.

Mehmet Efendi, elindeki zarfı uzattı, "Sizi sabahın köründe uyandırdım ama Doktor Bey çok ısrar etti bunu ilk serviste vermem için," dedi, "yoksa uyandırmazdım sizi."

"Ne zaman geldi Selçuk Bey?"

"Ben gazetelerle ekmekleri almak için çıkarken kapıda karşılaştık."

"Sağ ol, Mehmet Efendi, teşekkür ederim," dedi Sevda. Kapattı kapıyı, elindeki zarfla doğru mutfağa yürüdü, zarfı yırttı, içinden çıkardığı mektubu okumaya başladı.

28 Mayıs 1960

Kuzin,

Bana bu notu okurken paranoyak diyorsun herhalde ama tedbir her zaman iyidir.

Dün senden ayrılıp eve döndüğümde bir gelişme oldu. Sana bu mektuba yazdıklarımı akşam telefonda da söyleyebilirdim fakat Sedat'ın karısı olduğun için, telefonunun dinlenme ihtimalini düşündüm. Kalkıp gelmeyi de düşündüm ama evinde kim olduğunu bilmediğimiz malum misafir var. Özel bir zaman dilimindeyiz, dikkatli olmalıyız.

Bu mektubu okur okumaz ilk önce, hâlâ oradaysa, Yusuf'u hemen kapıya koy. Sonra pasaportunu, nüfus kâğıdını, evdeki tüm paranı, kıymetli takılarını yanına al. Ayrıca birkaç hafta sürebilecek bir yolculuğa çıkar gibi çamaşır ve giysi de al yanına. Her şeyi tek bir valize sığdır. Üzerine yolculuk yapabileceğin spor ve rahat bir şeyler giy. Evde ışık bırakma, bir süre eve dönmeyebilirsin. Kapını kilitle, kapıcıya bir süre bir arkadaşında kalacağını söyle, merak etmesin. Evden çıkınca bankana git, ne kadar paran varsa çek, yanına al ve saat on ikide hastanedeki odamda ol. Kimseye hiçbir açıklama yapma. Sevim telefon edecek olursa ona da hiçbir bir şey söyleme. O benim İzmir'de ameliyat olacak bir hasta için konsültasyona gideceğimi zannediyor. Ayrıntılı açıklamayı sana buluştuğumuzda yapacağım. Ha, beni arama, az sonra iki saat sürecek bir ameliyata giriyorum. On ikide hastanedeki odamda buluşuruz.

Selçuk

İlk aklına gelen, Selçuk'la konuşmak için telefona koşmak oldu ama yarı yolda durdu. Şu anda ameliyata girmiş dahi olabilirdi. Odasına yöneldi. Orta boy bir valiz indirdi dolabın üzerinden, çekmecelerden çamaşırlarını çıkardı, valizin dibine koydu. Sonra elbise dolabını açtı ve sorun o zaman başladı. Nereye gittiğini, gittiği yerde ne kadar kalacağını bilmeyen biri ne alabilirdi ki yanına? Askılardan çıkardıklarını valize doluşturdu aceleyle, sonra onları çıkarıp başka giysiler koydu, yine aceleyle. Yok, etek, bluz ağırlıklı olmalıydı yanına alacakları ama ya bir akşam elbisesi de lazım olursa? Haydi, akşam elbiseleri serildi bu sefer yatağın üzerine. Sonunda bir duş almaya karar verdi, aklını başına toplayabilmesi için.

Duşunu alırken mahmurluğu geçti. Selçuk'a ona hiç bilgi vermeden iki ayağını bir pabuca soktuğu için içerlemişti ama iyi oluyordu bir anda evden çıkıp gidiyor olması... Hayırlı oluyordu. İçine düştüğü girdapta biraz daha debelenirse sağlığından da olacaktı, rezil de olacaktı. Neyse ki bu çılgınlık bugün bıçak gibi kesilecekti!

Nereye gideceğini henüz bilmiyordu ama ona kocası son telefon görüşmelerinde benden haber bekle, demişti, büyük bir ihtimalle Sedat'la buluşmaya gidiyordu... Eğer, küçük bir ihtimalle, Selçuk durumu anlayıp Sevda'yı bu sevdadan kaçırmıyorsa!

Duştan çıktı, kurulandı, odasına gidip giyindi. Kapısını kilitleyip kasasından birkaç parça mücevherini ve evdeki mevcut parayı çıkardı, annesinden kalma siyah krokodil çantanın gizli gözüne tıkıştırdı... Ne dalga geçerdi yurt dışı yolculuklarına annesi illa bu çantayla çıkarken, Agatha Christie yine iz peşinde, diye!

Valizi ve el çantası hazır olunca salona geçti. Yusuf bu kez yastığı kenara savurmuş, halının üzerinde yüzükoyun uyuyordu. Uyandırmaya kıyamadı, saat henüz dokuzu beş geçiyordu. Saat on buçuk gibi bankaya gitse, beraber çıkabilirlerdi evden. Mutfağa geçti, çay demledi, bir dilim ekmek kızarttı. Ekmeğine tereyağı sürerken mutfak kapısında belirdi Yusuf. Beline bir havlu sarmıştı. "Niye uyandırmadın beni?" diye sordu.

"Saat kuracaktık güya dün akşam. Unutmuşuz, uyuyakalmışız. Neyse ki kapıcının ziliyle uyandım."

Yusuf yanına geldi, saçlarını toplayıp ensesinden öptü Sevda'yı.

"Dikkatli öğrenci," dedi Sevda, dün akşam kanepede iç içe geçmiş halde mırıl mırıl konuşurlarken, Yusuf'a bazı kadınların enselerinden öpülmekten hoşlanabileceklerini söylediğini hatırlayarak.

"Çok değerli bir öğretmenim var."

Bir şey cız etti içinde Sevda'nın... İşte tam da buydu durumları, değerli öğretmen ve kabiliyetli öğrenci ikilisi! Bu ilişkinin tarifi aylarca, hatta yıllarca birlikte olabilselerdi dahi asla değişmeyecekti, kaldı ki Sevda'nın öyle bol kepçe yılları da yoktu önünde, yasalar bile emeklilik yaşı diye bir yaş saptamıştı. Doksanına kadar yaşayabilse bile herhangi bir insan, doğa kanunu da, kamu kanunu da onu bir yaştan sonra işlevsiz kılıyordu.

"Yusuf, çabuk toparlanmamız lazım," dedi, "ben bir saate ayrılmalıyım evden. Bankada işlerim var. Haydi canım, kahvaltını yap, duşunu al, birlikte çıkalım saat on olmadan."

Sevda'nın sesinde değişik bir tını sezdi Yusuf, zaman zaman yakaladığı müşfik anne tınısı da değil, bir öğretmen edasıyla konuşmuştu.

Kalktı masadan, yattığı odaya yürürken vazgeçti, geri geldi mutfağa.

"Banyoda işin bittiyse şimdi ben kullanabilir miyim?" diye sordu.

"Çoktan bitti. Ben biraz etrafı toparlayacağım... Ama sen hiçbir şey yemedin, Yusuf!"

"Çay içtim."

Yusuf içeri geçti, Sevda önce mutfaktaki, sonra salondaki dağınıklığı toparladı, dün gece kendi doldurduğu kül tablalarını boşalttı. Pencereyi açtı havalanması için. Radyoyu açmayı da düşündü ama hemen vazgeçti. Nedense tatsız bir haber duyar diye korkuyordu. Bir başka tatsız haberi kaldıracak gücü yoktu!

Koltuğa oturdu, pencereden odaya dolan bahar havasını içine çekti, gözlerini kapayıp öylece kaldı.

"Ben hazırım!"

Açtı gözlerini, Yusuf salonun kapısında duruyordu. Üzerinde onu asansörde bulduğunda giydiği, kendi elleriyle yıkayıp, arka balkonda güneşe serip kuruttuğu gömlekle kazak vardı.

"Kazağı giyebilmişsin, kolunu kaldırabiliyor musun artık?" diye sordu.

"Zor oluyor ama evet."

"Son bir kere daha kremleseydim ya seni."

"Sağ ol ama krem yanımda, evime varınca sürerler..."

Sevda bu sabah, dünkü sabahın büyüsünün bozulduğunu hissetti. Sanki her ikisi de bu hayatta ait oldukları yerlerini yeniden buluyordu, genç bir çocuk ve ona yardımcı olmaya çalışan annesi yaşında bir kadın... İçi acıdı, gözleri doldu ama belli etmedi.

"Daha vakit var, istersen bir şeyler atıştır mutfakta, Yusuf," dedi.

"Otobüse binerken simit alırım."

Israr etmedi Sevda. Dün akşam Selçuk'un ona biraz para verdiğini bildiği için paran var mı, diye de sormadı. Ne bozulan büyüyü daha derinleştirmek istiyordu ne de oğlanın annesiymiş gibi davranmak.

"Hazırsan çıkalım mı?" diye sordu.

"Ben hazırım."

Koridorda yürürken Yusuf'un yattığı odaya kaçamak bir bakış attı, kullandığı çarşafları katlamış, üzerine de Sevda'nın ona giysin diye verdiği eşyaları katlayıp koymuştu.

Kapının önüne geldiler. Sevda kapıdan çıkmadan önce elini uzatıp Yusuf'un yanağına dokundu. Yusuf kendi elini bir süre onun elinin üstünde tuttu, sonra teker teker parmaklarını öptü.

"Bu dört gün üç geceyi asla unutmayacağım," dedi.

"Ben de asla unutmayacağım, Yusuf. Yolun açık olsun."

Yusuf kapıyı açtı, çıktılar, Sevda kapıyı çekip asansörün düğmesine bastı.

"Ben merdivenlerden ineyim, kapıcı ikimizi asansörde birlikte görmesin," diye fısıldadı, sonra Sevda'nın saçlarını toplayarak tekrar ensesinden öptü ve paldır küldür indi merdivenlerden.

Sevda, katına gelen asansöre bindi, zemin katın düğmesine bastı ve asansör zemin kata inene kadar dört gün önce Yusuf'un kıvrıldığı tam o noktada durdu. Evin ana kapısından çıktığında ise Yusuf sola dönmüş ve biraz uzaklaşmıştı.

Sevda sağ tarafa dönmeden önce bir süre genç bir tay gibi neredeyse doludizgin uzaklaşan Yusuf'un uzun bacaklı, yakışıklı bedenini seyretti. Bir an için koşup ona yetişmek ve bir kere daha sarılmak istedi ama tuttu kendini. Sonra sadece el sallamak için bile olsa, ona seslenmek geldi içinden ama yine tuttu kendini. Ters yöne döndü ve o da hızlı adımlarla bankasına doğru yürürken, ne utançtan yüreklerine indireceğim anamla babam var ne de çok üzeceğim çocuklarım, niye kendimi arzularımın akışına bırakamadım, diye sordu ve yine kendi yanıtladı; doğrusu buydu!

Buna sevinemedi.

Valizini, bankadan parasını çektikten sonra eve uğrayıp alacaktı ve Selçuk'un hastanesine kadar taksiyle gidecekti. Annesinin boş çantasıyla girdiği bankadan yarım saat kadar sonra aynı çantayı tıka basa doldurmuş olarak çıktı. Kızgındı biraz, parasını çekebilmek için çok dil dökmek zorunda kalmıştı. Bankada parasını vermemek için bin dereden su getirmişlerdi.

Şimdi, kendine verilen tüm talimatları yerine getirdikten sonra, hızlı adımlarla evine doğru yürürken düşündü; nereye gideceğini ve oraya nasıl götürüleceğini bilmiyordu, tuhaf ama pek merak da etmiyordu. Sanki kendine ayrılmış olan hayat sahnesinde, ona biçilen en tehlikeli rolü şu son dört gün boyunca oynamış ve yüzünün akıyla bitirmişti. Bundan böyle hiçbir şeyden korkmayacaktı, tedirgin olmayacaktı... Ara sıra aklına düşen ve ona huzursuzluk veren Belgin'in varlığından bile!

Evine girdi. Doğruca Yusuf'un yattığı odaya gitti ve bir av köpeği gibi havayı kokladı.

İlk geldiği günün ertesinde ter kokusundan ne kadar rahatsız olduğunu hatırladı, şimdi o kokuyu yine duymak istiyordu ama gece açık kalan pencereden içeriye mis gibi ilkbahar havası dolmuştu.

Ne tuhaf, Tabiat Ana, ana olacaktı güya... farkında bile değildi dünyanın bu köşesinde olup bitenden. Kim bilir kaç kişinin canı yanıyordu şu sırada! Kaç aile bir yakınını, oğlunu, kocasını veya babasını merak ediyordu, yeni açan çiçeklerin kokusu her yere sinmişken.

Tıpkı acımasızca coplanarak zindanlara atılan, at nalları altında yaralanan ve hatta bir tanesi vurularak hayatını kaybeden gençlerin acılı aileleri gibi, bir ay önceki erken baharda!

"Sevmiyorum zalim baharı, diye bağırdı."

Kimse duymadı sesini!

Evinin odalarını dolaşıp camları, perdeleri kapattı. Işıkları kontrol etti. Sabah Yusuf'un yerde başını koyup uyuduğu minderi yattığı odaya götürürken göğsüne bastırdı, bu defa sanki bir anne şefkatiyle.

Sonra kapıcı ziline bastı, Mehmet Efendi'yi çağırmak ve ona kuzeni Selçuk Bey'in ısrarıyla, Sedat Bey dönene kadar onların yanında kalmaya karar verdiğini söylemek için. Evine geri gelene kadar gazete ve ekmek getirmesindi. Maaşını elden yollayacak ya da banka hesabına yatıracaktı.

Ara sıra uğramaz mıydı?

Eğer Ankara'ya dönmemişse, uğrardı elbette.

Ankara'ya gidecek olursa zaten gelir, kalan eşyalarını alır, vedalaşırdı Mehmet Efendi'yle.

Bir taksi çağırmasını istedi kapıcısından.

Saat on ikiye on kala, Selçuk'un hastanedeki odasındaydı Sevda.

"Bak, bütün talimatlarını yerine getirdim, Selçuk," dedi kuzenine, "bankadan paramı çektim, değerli neyim varsa yanıma aldım, küçük bir valize sığıştım, saat on iki, pasaportum ve nüfus kâğıdımla karşındayım. Anlatma sırası sende!"

"Yusuf'u ne yaptın?"

"Pişirip yedim! Ne aptalca bir soru bu! Vedalaştık, teşekkür edip gitti çocuk."

"Bana gitmeye gönlü yok gibi gelmişti de..."

"Yanılmışsın," dedi Sevda, "bana bir açıklama yapmamak için mi lafı dolandırıyorsun? Sedat'la konuştun mu? Türkiye'ye mi döndü kocam? Ankara'ya mı götürüyorsun beni?"

"Sedat'la konuştum. İyiydi. Milletvekillerini tutukluyorlarmış. Mahkeme edilecekler. Sedat kesin aklanır ama mahkûmiyeti uzun sürebilir, o yüzden memlekete dönmek istemedi. Ben seni bugün Çeşme'ye götüreceğim..."

"Ne çeşmesi? İzmir'deki Çeşme'ye mi yoksa?"

"Aynen! Orada seni bir balıkçı teknesi bekleyecek. Karşı kıyı, nereden baksan en fazla bir saat sürüyor. Sakız Adası'na geçeceksin. Sedat seni iskelede bekliyor olacak. Belki bir süre adada kalırsınız, pek güzel bir adadır, hele bu mevsimde. İş için başvurduğu yerler var, birinden biri mutlaka olur, kendi alanında adı bilinen biri Sedat. Kocanla buluş, artık beraber karar verirsiniz ne yapacağınıza."

"Bu planları kim yaptı? Sen mi?"

"Sedat yapmış. Bana bütün talimatları o verdi. Senin evdeki telefonu ihtiyaten kullanmak istemedi. Yunanistan'daki Türk Konsolosu onun yakın dostuymuş. O vermiş bu fikri. Sakız Adası çok yakın, Yunanistan da çok ucuz diye, buluşma noktası olarak orayı uygun bulmuşlar."

"Ben tek başıma mı gideceğim?"

"Sevda, hızlı motorla yarım saate varılacak mesafede ada. Ben sabahın erken saatlerinde seni teslim edeceğim, ihtiyaç dışında mola vermeyeceğiz, o yüzden bisküvi, çikolata, meyve filan aldım yanımıza, yolda vakit kaybetmeyelim diye. Pazar günü de çok erken saatte kalkıp dönüşe geçeceğim ki pazartesi işimin başında olayım. Neyse ki ameliyatım yok pazartesi günü. Ha, bu arada Sevim'e ancak sizden haber alınca söyleyeceğim gittiğini. Neme lazım, onun da her sırrı paylaşacağı bir kız kardeşi, annesi, arkadaşı filan vardır."

"Bu gece nerede olduğunu sormayacak mı?"

"Sordu bile. İzmir'de bir hastam için konsültasyona gidiyorum, dedim. Zaten yolda çevrilirsek lazım gelecek belgeyi de hazır ettim. Fazla soru sormadan şimdi hemen sana vereceğim, şu hastabakıcı önlüğünü giy, kepi de yanına al, ne olur ne olmaz. Senin belgen de bende. Gerekmedikçe kullanmayacağız."

"Üstümdekileri çıkarayım mı?"

"Çıkar. Terlersin herhalde üst üste giysilerle. Polis veya jandarma durdurursa hemşire görüntülü olman gerek ama gözünü seveyim çabuk ol, zamanla yarışıyoruz. Dünyanın yolu var önümüzde!"

Sevda paravanın arkasına geçti. Çıktığında dört dörtlük bir hastabakıcı olmuştu.

"Haydi!" dedi Selçuk, Sevda'nın valizini kapıp çıkmak üzereydi.

"Tuvalete gitmem lazım. Yollardaki tuvaletlere dünyada giremem!"

"Sana seyyar bir tuvalet ayarlasaydım keşke, bagaja atardık."

"Dalga geçiyorsun ama yollardaki helalar çok bakımsız, çok pis. Suları akmaz, aksa da millet sifonu çekmez. Edirne sınırından arabamızla giriş yapıyorduk Sedat'la, turistlerin ülkeye gireni de, ülkeden çıkanı da sınırın öte yanındaki tuvaletin önünde kuyruk olmuştu. Bizim taraftakine kimse girmek istemiyordu, öyle utanmıştım ki..."

“Allah aşkına Sevda, gevezeliği bırak da koş bu kattaki tuvalette gör işini ama çabuk ol. Yol uzun, neyse ki gün de uzun, karanlığa kalmayabiliriz.”

Selçuk tuvalete koşan Sevda’nın arkasından, “Şu işe bak yahu! Kadın ülke değiştiriyor, hayatını değiştiriyor, yurduna ne zaman döneceği belli değil, en önemli meselesi temiz tuvalet! Kadın aklı işte,” diye söylendi, “bunların cahili de, tahsillisi de hep aynı tornadan çıkmış!”

YOLDA

28 Mayıs, Öğleden Sonra

Selçuk kuzininin hastabakıcı kıyafetiyle bindiği araba yolculuğunun ilk iki saatinde, başını cama dayayıp uyuyakaldığını zannetti. Oysa çok yorgun olmasına rağmen uyuyamıyordu Sevda. Tam dalıp gidecekken aniden bir önceki günden bir resim beliriyordu gözlerinin önünde. Sonra bir başka resim... Bir başkası. Elimden resim yapmak geleydi, pastel renklerle mutluluk anlarımı, kırmızının tonlarıyla coşkularımı boyardım, diye düşündü ve gülümsedi kendi kendine. Ne kadar sıradan olurdu... Hiçbir yaratıcılığı, ayrıcalığı olmazdı o resmin, tıpkı benim gibi! Yarım asrı aşkın (ama azıcık aşkın) ömrümün içinden, hatırlanmaya değer son üç günü çıkaracak olursam eğer, durgun akan bir suydu hayatım.

İyi ve eğitimli bir aileye doğ, iyi bir evlat, sonra da çalışkan bir öğrenci ol, kendine benzeyen, eğitimli bir başka iyi evlatla evlen ve kader size kendiniz gibi iyi ve çalışkan evlatlar yetiştirmeye izin vermesin!

Siz o kadar iyisiniz ki karı-koca, o kadar uysalsınız ki, bu kahpe kadere isyan edeceğinize hükmünü hemen kabullenin, iyi ve çalışkan insanlar olmaya devam edin. Ama kader kahpe ya... Ömrünü iyi bir insan olarak bitirmene dahi izin vermeyen ağzına sıçtığımın kaderi, tutsun masum bir genç çocuğu koynuna soksun ve hayatının son baharında, elli yaşını geçtikten sonra azgın bir karıya dönüşmenin utancıyla baş başa bıraksın seni!

Şimdi otur, o şehvet anlarını düşündüğünde yüzünde beliriverecek arsız ifadelerden kork!

Tekrarı olamayacağı için, önündeki hayata nasıl dayanacağından kork!

Kocanın yüzüne bakarken aklını okuyuvereceğinden kork!

Ayrıca şu an olduğu gibi, *İyi ki yaptım* ile *Tanrım ben bunu nasıl yaptım*'ın arasında gidip gelirken çıldırmaktan da kork!

"Sevda, sesin soluğun çıkmıyor, uyuyor musun?" diye sordu Selçuk.

"İçim geçmiş. Endişeliyken hiç uyuyamam ama nasıl olduysa..."

"Endişelenme. Sedat seni tehlikeye atmaz, kesinlikle emindir emniyette olacağından. Ben seni kaptana teslim edeceğim, o da seni bir saat içinde kocana... A, bak bakayım bana, ağladın mı sen?"

"Ağlamadım, Selçuk. İyi uyuyamıyorum kaç gündür, o yüzden herhalde gözlerim kızarık."

"Bak Sevdoş, bu kadar gönülsüzsen gitme, kardeşim. Yol yakınken dönelim İstanbul'a, uzun bir mektup yazar, korkularını, endişelerini anlatırsın, başka bir çare düşünürsünüz. Sedat dönmediği için kaçak sayılacak. Sen de şu anda önünü göremediğin bir maceraya atılmaktasın... Yahu, ben nasıl düşünemedim senin açından! Çok çabuk karar verildi. Üzerinde hiç konuşulmadı. Kocan bana ne talimat verdiyse onu yerine getiriyorum. Ama vallahi ciddiyim, soruyorum bak, geri dönelim mi?"

"Dönmeyelim."

"Emin misin? Yemek için mola verdiğimizde tekrar bir konuşalım istersen de... Hay Allah, çiş molası hariç mola veremeyeceğiz ki! Yolumuz çok uzun ya, aldığım ıvır zıvırı yiyeceğiz acıkınca. Şimdi son kez soruyorum, devam mı?"

"Devam! Sedat ne kendini ne beni maceraya atmaz, bilirsin huyunu. Bir ışık görmese, yani başvuracağı, kabul göreceği bir iş imkânı filan olmasa beni çağırtmazdı. Ben bilirim kocamı."

"Tamam, surat asma o halde!"

"Amma abarttın! Hem ben kadınım, sebepsiz yere surat da asarım, ağlarım da, gülerim de!"

"Yok, sen sebepsiz yapmazsın böyle şeyler, o dediğin kadın benim karım."

"E, madem bu kadar şikâyetçisin karından, boşan kurtul!"

"Olmaz! Ben sebepsiz ağlayıp gülen kadınlardan hoşlanıyorum, senin gibiler bana dayanamaz."

"Kendini biliyorsun yani!"

"Elbette biliyorum. Kendimi bildiğim gibi seni de biliyorum."

"Çok bilmiş!"

"E, biz beraber büyüdük, ikiz gibi."

Sevda, madem öyle, bil bakalım şu anda ne düşünüyorum, diyecekken birden korktu, frenledi kendini.

"Selçuk, sinirlerim bozuk," dedi, "darbeden dolayı, zaten dünden beri şaşkınız hepimiz, üstelik ben evimde bir kaçak... yok, kaçak değil... Yaralı bir genci sakladım, ödüm patladı eve biri gelecek diye!"

"Büyütme yahu, biri gelecek olsa babanın kütüphanesine kitlerdin oğlanı, sakın çıtını çıkarma, derdin, nitekim yapmışsın da!"

"Söylemesi kolay tabii! Bak, ne soracağım sana, sen 'Alevi' diye bir şey duydun mu?"

"Alevi?" Başını çevirip Sevda'ya baktı Selçuk, "Bunu daha önce de sordun, konuşamadık. Nereden çıktı bu Alevi meselesi?"

"Duydun mu, duymadın mı? Biliyor musun kimdir Aleviler?"

"Yusuf mu Alevi imiş?"

"Öyleymiş!"

"Kuzin, bu oğlan sana Alevi olduğunu açık ettiyse... Sen ne yaptın buna yahu?"

"İçirdim. Zorla içirmedim de... Yani ben içiyordum, ona da bir kadeh koydum. Sonra ikimiz de çok içtik, sarhoş olduk, anlattı işte."

"Başka?"

"Ne başkası?"

Elini uzatıp çenesinden tutarak başını kendine döndürmek isteyen kuzenine sert çıktı Sevda.

"Önüne bak! Kaza yapacaksın! Kişi başkasını da kendi gibi bilirmiş! Bu ne terbiyesizlik be... Çocuğum yaşında oğlanla... Daha neler!"

"Şeytanlık asıl senin aklında! Ben sadece soru sordum. Bir Alevi kolay kolay bu konuya girmez çünkü. Hele iki günlük tanışına asla açık etmez kimliğini."

"İşte ben de bunu öğrenmek istiyorum. Neden?"

"Çünkü haklarında kötü söylentiler yayılmıştır. Çünkü her önüne gelene bunlar hep iftiradır, diye açıklama yapmak mümkün değildir."

"Peki, doğru mudur bu söylentiler?"

"Değil... Yani Sevda, onların da aralarında iyisi de, kötüsü de olmalı, her toplulukta olduğu gibi ama o yaygın dedikoduyu kim, ne zaman, niçin çıkardı bilmiyorum, günahı boynuna olsun!"

"O yaygın dedikodu, aile içi ilişki mi?"

"Evet!"

"Madem hiç konuşmazlar, sen nasıl öğrendin bildiklerini... Yani Alevileri?"

"Askerdeyken. Bir kısmının sürüldükleri yöreler var Batı'da, ben askerliğimi bir devlet hastanesinde yaparken öğrendim."

"Niye sürülmüşler?"

"Sürgünün bu dedikodularla hiç alakası yok. Ayaklanmalar olmuş eskiden beri. Cumhuriyet döneminde Dersim olaylarından sonra, bir kısmını yurdun batısına... Yahu, bana baksana, niye bu kadar alakadar ediyor bu konu seni?"

"İlginç çünkü! İlk defa duyduğum için sarsıldım, fazla bir şey de soramadım Yusuf'a."

"Ben de bu kadarını biliyorum zaten. Hoş insanlardır. Onlar da Müslüman ama onlarda içki yasak değil mesela... Hoş aşırı sofular hariç bütün Anadolu içer ama bunlar da ayrıca kaç-göç de yoktur."

"Kaç-göç bizde de yok. Eskidenmiş o!"

"Sen öyle san! Anadolu'nun içine doğru, özellikle de doğusuna hiç gitmedin ki! Öleceğini bilse erkek doktor istemeyen kadınlar var."

"Neden?"

"Cehaletten!"

"Bunlar... Aleviler yani, kadın-erkek birlikte ibadet ederlermiş."

"O kadarını bilmiyorum. İbadetlerini görmedim ama tanımış olduklarımı ben de çok sevdim. Kendilerine ehlibeyit diyorlardı, ayrıca ehlikeyiftiler de. İbadetlerine kadar anlattıysa, sıkı arkadaş olmuşsunuz Yusuf'la."

"Olduk."

"Âşık mı oldu sana?"

"Ne münasebet!"

"Tecrübesiz genç bir delikanlının, kendinden çok büyük de olsa, hoş bir kadına âşık olması olağandır."

"Kendinden çok büyük bir kadına âşık olmaz erkekler."

"Nereden biliyorsun?"

"Senden! Gözlerin her an uzakları yakmış araba farı gibi genç ve hoş kadınları tarıyor. Kendinden büyük kadına baktığını hiç görmedim!"

"Ne demiş Bâkî, *İç bade güzel sev var ise akl-ı şuurun/ Dünya var imiş yok imiş ne umurun!* Bakma bana öyle, ben demedim, Bâkî demiş!"

"Sen de önüne bak, Selçuk. Bir kazaya kurban gitme ki daha pek çok güzel sevesin."

"Âmin! Ama sen de şunu bil, ergenlikten çıktığında her erkek boğa gibidir, kadınların yaşı hiç fark etmez yani!"

"Ağzında sürekli bir ima var? Yetti, Selçuk! Kızmaya başlıyorum, bak! Sen benimle uğraşacağına, Sevim yutar mı senin konsültasyon için İzmir'e gittiğini, onu düşün! Ben olsam yutmazdım, çok çapkınsın ya!"

"Konsültasyona giren doktorların hak edişleri vardır, onu Sevim'e verirsem yutar!"

"Hiç paragöz değildir Sevim!"

"Bütün kadınlar paragözdür," dedi Selçuk, "sen hariç elbette!"

"Hep yanlış kızlara rastladın gençliğinden itibaren. Karın, hayatına girenler arasında bence bir pırlanta ama öyle döküntü ilişkilerin de oldu ki senin... Herhalde onlara takılı kaldın sen. Kısacası, kadınlar hakkında verdiğin hüküm, haksız bir genelleme. Tıpkı Alevilere yapılan haksız ve insafsız iftiralar gibi!"

"Sen de Alevi uzmanı kesildin başıma! Tamam güzelim, kapatalım bu konuyu. Kadınları, erkekleri ve Alevileri konuşmak şu andan itibaren yasak!" dedi Selçuk, "O halde açalım bakalım radyomuzu, biz yoldayken başka neler olmuş memlekette, öğrenelim bakalım."

"Sen gözlerini yoldan ayırma! Bıkmadın mı aynı şeyleri dinlemekten, ben müzik çalan bir istasyon arayacağım."

Sevda uzandı düğmeye, fazla istasyon da yoktu zaten, biraz kurcalayınca klasik Türk müziği çalan diğer istasyonda durdu.

"Türk müziği bitince Batı müziği başlayacak, biraz sabret," dedi Selçuk'a.

"Sabra gerek yok ki ben de severim klasik Türk müziğini, unuttun mu, aynı dedenin evinde büyüdük ikimiz de."

"Sadece yaz aylarında neyse ki! Dede evinin kalabalığı üç aydan fazla çekilmezdi çünkü. Her kafadan bir ses çıkardı."

"Her kafadan ve ayrıca her kuşaktan bir ses çıkardı, demek daha doğru olur," dedi Selçuk, "tam bir kakafoniydi yani! Yine de özlemiyor musun o günleri?"

"Hem de nasıl! Şimdi gurbette daha da çok üstüme gelecek hatıralar!"

"Alışıksın sen gurbete, kuzin! Doktora filan derken az zaman geçirmediniz kocanla yaban ellerde."

"Gençtik o zaman. Şimdi şehir değiştirmek bile zor gelirken başıma gelene bak! Üstelik tam bir belirsizliğe gidiyorum, aynı şey değil ki!"

Radyoda yeni bir şarkı başladı, Zeki Müren'in kendine has sesi sadece arabanın içine değil, Sevda'nın ruhuna, yüreğine de doldu.

Bir dâme düşürdü ki beni baht-ı siyahım
Vallahi bu sevdada yoktur günahım
Etmez ise inayet bana ol çehresi mahım
Mutlak onu da mahvedecek ateş-i ahım.

Bir damla gözyaşı, gözpınarından taşıp dudağının kenarına doğru akmaya başladı.

Sevda sabah, kirpiklerine sürdüğü rimelin şimdi yanağında gözyaşından bir siyah ince yol çizdiğine emin, ah aptal Sevda, ne gerek vardı makyaja, diye geçirdi içinden ve başını sağ tarafındaki cama doğru iyice çevirse de kurtulamadı; yan gözle kuzinine bakan Selçuk, Sevda'ya cebinden çıkardığı mendili uzatıyordu.

"Gözünün yaşını sil, canım," dedi anlayışla, "her şey gibi bu da geçer! İnan bana, bu da geçer!"

Sevda hiçbir şey söylemeden aldı mendili ve hayır, bu geçmesin, bende kalsın, diye dua etti içinden, tekdüze hayatımda gençliğim yıldırım hızıyla geçti, acılarımın üstesinden geldim ama ne olur Allah'ım, sadece bu üç gece bende kalsın, ben yaşadıkça!

Sonra Selçuk onu uyuyor sansın diye başını cama dayadı ve sımsıkı kapadı gözlerini, uyur gibi yaptı saatlerce.

İzmir'i geride bıraktıklarında bir gün daha akşama kavuşuyordu, mora çalmış gökyüzüne yaslanarak.

Bir kadın, kalbinde son üç gecesinin anısıyla meçhul geleceğine yaklaşıyordu.

Ayların en güzelinin sadece üç günü kalmıştı bu yılki ömrünü tamamlamaya ve ne yazıktır ki 27 Mayıs günü pek çok kişinin ıstırabına sebep olduğu için bundan böyle uğursuz bir ay olarak damgalanacaktı, bazılarınca.

Hayat böyle bir şeydi işte!